古典文学大字本

白居易诗選

孙明君 评注

人民文学出版社

图书在版编目(CIP)数据

白居易诗选/孙明君评注.—北京:人民文学出版社,2021
(古典文学大字本)
ISBN 978-7-02-017029-6

Ⅰ.①白… Ⅱ.①孙… Ⅲ.①唐诗—诗集
Ⅳ.①I222.742

中国版本图书馆 CIP 数据核字(2021)第 039889 号

责任编辑　葛云波
装帧设计　刘　远
责任印制　任　祎

出版发行　人民文学出版社
社　　址　北京市朝内大街 166 号
邮政编码　100705

印　　刷　三河市宏盛印务有限公司
经　　销　全国新华书店等

字　　数　189 千字
开　　本　710 毫米×1000 毫米　1/16
印　　张　20　插页 2
印　　数　1—5000
版　　次　2005 年 5 月北京第 1 版
印　　次　2021 年 6 月第 1 次印刷

书　　号　978-7-02-017029-6
定　　价　42.00 元

如有印装质量问题,请与本社图书销售中心调换。电话:010-65233595

目　录

前言 …………………………………… 1

江南送北客，因凭寄徐州兄弟书 …………… 1
赋得古原草送别 ………………………… 3
王昭君二首 ……………………………… 5
生离别 …………………………………… 7
秋暮西归途中书情 ……………………… 9
自河南经乱，关内阻饥，兄弟离散，各在一处，因望月
　　有感，聊书所怀，寄上浮梁大兄、於潜七兄、乌江
　　十五兄，兼示符离及下邽弟妹 …………… 11
寄湘灵 …………………………………… 13
邯郸冬至夜思家 ………………………… 15
感秋寄远 ………………………………… 16
三月三十日题慈恩寺 …………………… 18
禁中月 …………………………………… 20
长恨歌 …………………………………… 21

1

赠元稹	28
西原晚望	30
晚秋夜	32
悲哉行	34
观刈麦	37
京兆府新栽莲	40
赠内	42
前庭凉夜	45
李都尉古剑	46
初授拾遗	48
惜牡丹花二首（选一）	51
秋题牡丹丛	52
题海图屏风	53
江楼月	55
月夜登阁避暑	57
杂兴三首（选一）	59
凶宅	61
劝酒寄元九	64
寄唐生	66
新乐府五十首（选二十）	70
上阳白发人	70
新丰折臂翁	73
太行路	76
昆明春	78

道州民 ……………………………	80
缚戎人 ……………………………	82
骊宫高 ……………………………	85
西凉伎 ……………………………	87
涧底松 ……………………………	89
红线毯 ……………………………	91
杜陵叟 ……………………………	93
卖炭翁 ……………………………	95
母别子 ……………………………	97
时世妆 ……………………………	99
陵园妾 ……………………………	101
盐商妇 ……………………………	102
井底引银瓶 ………………………	105
天可度 ……………………………	107
秦吉了 ……………………………	109
采诗官 ……………………………	111
宿紫阁山北村 ……………………	115
秦中吟十首（选八）……………	117
议婚 ………………………………	117
重赋 ………………………………	119
伤宅 ………………………………	122
伤友 ………………………………	125
不致仕 ……………………………	127
立碑 ………………………………	128

轻肥 ………………………………… 131
　　歌舞 ………………………………… 132
哭孔戡 ………………………………… 135
酬元九对新栽竹有怀见寄 …………… 138
鹦鹉 …………………………………… 140
登乐游园望 …………………………… 141
村夜 …………………………………… 143
折剑头 ………………………………… 144
秋游原上 ……………………………… 145
纳粟 …………………………………… 147
溪中早春 ……………………………… 149
采地黄者 ……………………………… 151
新制布裘 ……………………………… 153
初与元九别后忽梦见之。及寤而书适至,兼寄
　　《桐花诗》。怅然感怀,因以此寄元九初谪江陵 … 155
山鹧鸪 ………………………………… 158
村居苦寒 ……………………………… 160
读张籍古乐府 ………………………… 162
妇人苦 ………………………………… 166
欲与元八卜邻,先有是赠 …………… 168
登郢州白雪楼 ………………………… 170
舟中读元九诗 ………………………… 171
山石榴寄元九 ………………………… 172
蓝桥驿见元九诗 ……………………… 174

4

浦中夜泊	175
读史五首（选二）	176
夜雪	179
放言五首（选二）	180
放旅雁	183
晓别	185
城上对月，期友人不至	186
微雨夜行	187
读李杜诗集，因题卷后	188
题元八溪居	190
感情	191
题浔阳楼	193
大水	195
赠内子	197
琵琶行 并序	198
访陶公旧宅	204
赠江客	207
题旧写真图	208
问刘十九	210
啄木曲	211
春生	213
夜雨	214
大林寺桃花	215
遗爱寺	216

山中独吟	217
南湖早春	219
李白墓	220
题岳阳楼	221
西楼夜	223
阴雨	224
种桃杏	225
过昭君村	226
东坡种花二首（选一）	229
暮江吟	231
后宫词	232
思妇眉	233
狂歌词	234
夜泊旅望	236
钱塘湖春行	237
江楼夕望招客	238
立春后五日	240
江南遇天宝乐叟	242
花非花	246
西湖晚归，回望孤山寺，赠诸客	247
杭州春望	249
代卖薪女赠诸妓	251
画竹歌	252
春题湖上	254

晚兴	256
早兴	257
自咏五首(选二)	258
别州民	260
池上寓兴二绝	262
采莲曲	264
咏怀	265
客中月	266
崔十八新池	267
太湖石	268
惜花	270
魏王堤	271
柘枝妓	272
霓裳羽衣歌	273
绣妇叹	279
春词	280
哭微之二首	281
天津桥	283
江楼晚眺,景物鲜奇,吟玩成篇,寄水部张员外	285
九年十一月二十一日感事而作	287
杨柳枝词八首	289
忆江南词三首	294
与梦得沽酒闲饮,且约后期	296

长相思二首(选一) …………………………………… 297
哭刘尚书梦得 ………………………………………… 298

前　言

一

白居易（772—846），字乐天，晚年自号香山居士、醉吟先生，人称白傅。原籍太原，后徙下邽（今陕西渭南）。"父季庚，为彭城令，李正己之叛，说刺史李洧自归，累擢襄州别驾"（《新唐书·白居易传》）。

白居易出生于新郑（今属河南）。少年时代，因藩镇之乱，十二岁避难越中一带，经受了颠沛流离之苦，对社会现状有了清醒的认识。白居易素有远大抱负，长期潜心苦读，终于在贞元十六年（800）二十八岁时考中了进士。十八年应拔萃科考试，入甲等，授秘书省校书郎，与密友元稹一起进入官场。元和元年（806）准备参加"才识兼茂明于体用科"考试，撰成《策林》七十五篇，入四等，授盩厔（今陕西周至）县尉。在这里诗人和朋友王质夫、陈鸿共同游历仙游寺，语及天宝年间的旧事，后来创作了著名的长篇叙事诗《长恨歌》。元和二年授翰林学士，次年任左拾遗。本期诗人写作了大量的讽喻诗，《秦中吟》、《新乐府》大都完成于此时。在朝廷，诗人正道直行，敢于和皇帝当面进行争论，"后对殿中，论执强鲠，帝未谕，辄进曰：'陛下误矣。'帝变色，罢，谓李绛曰：'是子我自拔擢，乃敢尔，我叵堪此，必斥之！'绛曰：'陛下启言者路，故群臣敢论得失。若黜之，是箝其口，使自为谋，非所以发扬盛德也。'帝悟，待之如初"（《新唐书·白居易传》）。左拾遗任职期满后，皇帝允许他自己选择官职，白居易选择了京兆户曹参军。元和六年，母亲去世，按照当时的惯例暂时离开官场，回到下邽。

　　元和八年，白居易回朝任左赞善大夫，这只是一个有名无实的清闲官职。元和十年宰相武元衡被刺，白居易越职言事。早年得罪过的小人趁机诬陷，说白居易母亲因赏花而坠井，白居易却写有《赏花》、《新井》诸诗，对母亲不孝，有伤名教，遂贬为江州刺史；中书舍人王涯上书，认为白居易不宜治郡，于是追贬为江州司马。这次贬谪对诗人打击很大，他由早年的志在兼济为主，转向了以独善其身为主。早年思想中本来就存在的佛教、道教的思想开始滋长，在庐山东林寺边修建草堂，时常读经修炼。在江州司马任上乐天写作了另外一首著名长诗《琵琶行》。四年后，即元和十三年，徙忠州刺史。忠州是一个偏僻的小地方，诗人在这里也很郁闷，有"天教抛掷在深山"(《木莲树图》)的慨叹。

元和十五年，宪宗暴卒，穆宗李恒即位，白居易被召回朝廷，任中书舍人。到了朝廷之后，他很快就失望了，他发现天子生活荒淫，不理国事，宰相才能低下，赏罚失度，面对四处横行的盗贼无能为力。白居易多次呼吁，他的意见却无人采纳。失望之馀，自己要求去外地任职。"为杭州刺史，始筑堤捍钱塘湖，钟泄其水，溉田千顷。复浚李泌六井，民赖其汲。久之，以太子左庶子分司东都。复拜苏州刺史，病免。文宗立，以秘书监召，迁刑部侍郎，封晋阳县男。大和初，二李党事兴，险利乘之，更相夺移，进退毁誉，若旦暮然。杨虞卿与居易姻家，而善李宗闵，居易恶缘党人斥，乃移病还东都。除太子宾客分司。逾年，即拜河南尹，复以宾客分司。开成初，起为同州刺史，不拜，改太子少傅，进冯翊县侯。会昌初，以刑部尚书致仕。六年，卒，年七十五，赠尚书右仆射，宣宗以诗吊之"(《新唐书·白居易传》)。

乐天早年有宏大的抱负，后来在黑暗的现实面前不得不放弃了自己的理想。宪宗时代，白居易初对策高第，擢入翰林，以为遇见了千古明君，对宪宗抱有很大幻想，意欲奋力报效。在遇见挫折之后，白居易改变了早年的人生态度。自从沦落江州之后，白居易的生命中值得我们注意的有这么几点：

一、作为一个诗人他始终没有放弃诗歌创作，"蓄意未果，望风为当路者所挤，流徙江湖。四五年间，几沦蛮瘴。自是宦情衰落，无意于出处，唯以逍遥自得，吟咏情性为事"（《旧唐书·白居易传》）。早年的讽喻诗后期很少再写，但在他的诗歌中依然有一些关怀人民疾苦的诗篇，表明诗人并没有忘记民众的苦难。后期诗篇中表现得最多的是诗酒风流、逍遥自得、知命不忧的思想情感，这种情调对后世诗人也产生了很大影响。二、晚年的乐天，始终没有和宦官集团同流合污，也没有介入牛李党争。"大和已后，李宗闵、李德裕朋党事起，是非排陷，朝升暮黜，天子亦无如之何。杨颖士、杨虞卿与宗闵善，居易妻，颖士从父妹也。居易愈不自安，惧以党人见斥，乃求致身散地，冀于远害。凡所居官，未尝终秩，率以病免，固求分务，识者多之"（《旧唐书·白居易传》）。这一点后人给予了很高的评价："观居易始以直道奋，在天子前争安危，冀以立功，虽中被斥，晚益不衰。当宗闵时，权势震赫，终不附离为进取计，完节自高。……呜呼，居易其贤哉！"（《新唐书·白居易传》）三、在杭州苏州等地，白居易兴修水利，做了许多有利于人民的事情。在杭州刺史任内，他带领民众修筑钱塘江，可以灌溉千顷农田。晚年在洛阳，施舍家财开凿龙门八节滩，以利舟楫通行。四、中年以后对佛教、道教越来越倾心。"东都所居履道里，疏诏种树，构石楼香山，凿八节滩，自号醉吟先生，为之传。暮节惑浮屠道尤甚，至经月不食荤，称香山居士"（《新唐书·白居易传》）。

二

白居易是唐代创作数量最多的诗人，也是继李白杜甫之后最伟大的诗人。

白居易曾经将自己的诗歌分为四类，其《与元九书》说："自拾遗来，凡所适所感，关于美刺兴比者，又自武德讫元和，因事立题，题为新乐府者，共一百五十首，谓之讽谕诗。又或退公独处，或移病闲居，知足保和，吟玩情性者一百首，谓之闲适诗。又有事物牵于外，情理动于内，随感遇而形于叹咏者一百首，谓之感伤诗。又有五言七言长句绝句，自一百韵至两韵者四百馀首，谓之杂律诗。"许多学者对这样的分类提出了批评，认为它没有统一的标准，讽谕诗、闲适诗、感伤诗是从题材上着眼的，而杂律诗又是从体裁上分类的。这其实是一个误解，他还说："其馀杂律诗，或诱于一时一物，发于一笑一吟，率然成章也，非平生所尚者。但以亲朋合散之际，取其释恨佐欢。"（《与元九书》）所以，杂律诗从格律的角度看是律诗和其他的杂体诗，而从题材的角度看，可以称为杂感诗。这样，讽谕诗、闲适诗、感伤诗与杂感诗之间就统一了起来。白居易自己最看重的是讽谕诗，取为压卷之作。可以和讽谕诗相抗衡是闲适诗。他说："仆志在兼济，行在独善。……谓之讽谕诗，兼济之志也；谓之闲适诗，独善之义也。故览仆诗，知仆之道焉。"（《与元九书》）然而白诗中流传最广的却是感伤诗中的《长恨歌》和《琵琶行》。"非平生所尚"的杂律诗中也包括《赋得古原草送别》这样的名篇。本文对白居易诗歌的介绍分为讽谕诗、《长恨歌》和《琵琶行》、其他诗歌三个部分。

1. 讽谕诗及其理论

白居易《与元九书》云："文章合为时而著，歌诗合为事而作。"主张直接关照当下重大的社会政治问题，用诗歌来反映时代的脉搏与社会的变迁。他的作品，涉及当时历史与社会的各个方面，揭露出许多社会弊端，达到了"救济人病，裨补时阙"的目的，为权贵所"切齿"，充分发挥了匕首与投枪的作用，真正成为反映时代的"镜子"。组诗《秦中吟》和《新乐府》等，关怀社会问题，干预现实政治，企图对不良社会现象加以纠正。如《轻肥》诗写宦官们的酒醉肴饱，骄横非常。该诗末二句直赋其事，奇峰突起，无限愤慨意，自在不言中。《杜陵叟》为"伤农夫之困"而作。该诗的写作背景是，唐宪宗元和三年（808）冬天到次年春天，长安一带大旱，左拾遗白居易上疏，请求减免租税，宪宗准许京畿地区可以免税，但事实上却不过是一纸空文。诗人通过杜陵叟的遭遇道出了事情的原委。《卖炭翁》中，诗人通过对卖炭翁遭遇的描绘，揭露出唐代朝廷"宫市"的本质。这些诗真可谓"直书其事，而其意自见，更不用著一断语"（《唐宋诗醇》），"乐天忠君爱国，遇事托讽，与少陵相同。特以平易近人，变少陵之沉雄浑厚，不袭其貌，而得其神"（《唐诗别裁集》），沈德潜所论的是定评。

白居易的讽谕诗文字朴素浅显，直截了当，节奏明快，在艺术上达到了很高的境界。

2. 《长恨歌》和《琵琶行》

《长恨歌》和《琵琶行》是白居易诗歌中最为脍炙人口的名篇，早在作者生前，已经是"童子解吟《长恨》曲，胡儿能唱《琵琶》篇"。清人赵翼曰："香山诗名最著，及身已风行海内，李谪仙后一人而已。……盖其得名，在《长恨歌》一篇。其事本易传，以易传之事，为绝妙之词，有声有情，可歌可泣，文人学士慨叹为不可及，妇人女子亦喜闻而乐诵之。是以不胫而走，传遍天下。又有《琵琶行》一首助之。此即无全集，而二诗自已不朽，况又有三千八百四十首之工且多哉。"（《瓯北诗话》卷四）《长恨歌》和《琵琶行》体现了白居易诗歌的最高艺术成就。

《长恨歌》写唐玄宗和杨贵妃之间的爱情故事，玄宗以纵情误国，玉环因恃宠致乱，诗人对他们的悲剧遭遇寄予无限的同情，"此恨"深深感动着诗人自己，也震撼着历代读者的心。

《琵琶行》是感伤自己生平坎坷的抒情叙事诗。在叙事抒情中，通过精美的意象来勾勒一个个画面，以变化的节奏把画面连接起来，起伏跌宕。"同是天涯沦落人，相逢何必曾相识"是全篇的关键。诗中塑造了两个人物形象，一位是"门前冷落车马稀，老大嫁作商人妇"的长安故伎，一位是"谪居卧病浔阳城"的封建官吏。"我"同情琵琶女，理解琵琶女，并主动把自己与处于社会下层的伎女相提并论，引以为知音，这在中国诗史上是不多见的。故沈德潜曰："写同病相怜之意，恻恻动人。"（《唐诗别裁集》）

3. 其他诗歌

除了以上所叙诗歌外，白居易诗集中还有大量脍炙人口的佳作。白居易在《醉吟先生墓志铭并序》中说："凡平生所慕、所感、所得、所丧、所经、所遇、所通，一事一物已上，布在文集中，开卷而尽可知也。"这些诗歌从亲情、友情、爱情、山水情等方面表现了诗人丰富的情感世界。

描写亲情的诗歌，如《邯郸冬至夜思家》，短短四句既写了邯郸驿里的诗人心理，也写出了千里之外家人的惦记，浓浓的亲情，浸透其中。《自河南经乱，关内阻饥，兄弟离散，各在一处；因望月有感，聊书所怀。寄上浮梁大兄、於潜七兄、乌江十五兄、兼示符离及下邽弟妹》一诗不用典故，不事藻绘，以白描手法，家常话语，抒写离乱之中的手足亲情，一气贯注，感慨凄凉。

白居易是一个非常看重友情的人，他的诗歌中描写友情的诗篇很多，他与元稹、刘禹锡等人的友情被传为千古佳话。像《问刘十九》这样的小诗，信手拈来，自然本色。红绿相映，友情醉人，也是诗坛上的珍品。

他的诗歌中描写自然美景的作品非常多。《杭州春望》在一首七律中，诗人写出了杭州的名胜古迹、传说、特产、湖面风光等，容量很大，又很集中。诗人将这一切放在初春这样特定的背景下来描绘，又是"望"时所见，选取的角度不落窠臼。全诗色彩鲜艳，有曙光、彩霞、蓝天、白沙、柳色、红袖、青旗、绿草、梨花……这五彩缤纷的色彩装饰着美丽的西子湖、杭州城，使古城愈发婀娜多姿、美丽动人。

明江盈科说："前不照古人样，后不照来者议。意到笔随，世间一切都着并包囊括入我诗内。诗之境界，到白公不知开扩多少。"（《雪涛小说》）白居易的诗歌扩大了古代诗歌的境界，形成了自己的艺术风格，在中国古代诗歌发展史上占有重要的位置。

三

白居易生前就诗名极盛，他的诗歌不仅在中国大地广泛流传，而且还跨越国界，走向了世界。元稹《白氏长庆集序》云："予始与乐天同校秘书，前后多以诗章相赠答。会予遣掾江陵，乐天犹在翰林，寄予百韵律体及杂体，前后数十诗。是后各佐江、通，复相酬寄。巴、蜀、江、楚间洎长安中少年，递相仿效，竞作新辞，自谓为元和诗。而乐天《秦中吟》、《贺雨》讽谕、闲适等篇，时人罕能知者。然而二十年间，禁省观寺、邮候墙壁之上无不书；王公妾妇、牛童马走之口无不道。其缮写模勒，炫卖于市井，或因之以交酒茗者，处处皆是。其甚有至盗窃名姓，苟求自售，杂乱间厕，无可奈何。予尝于平水市中，见村校诸童，竞习歌咏，召而问之，皆对曰：'先生教我乐天、微之诗。'固亦不知予为微之也。又鸡林贾人求市颇切，自云：'本国宰相，每以一金换一篇，甚伪者，宰相辄能辨别之。'自篇章已来，未有如是流传之广者。……大凡人之文各有所长，乐天长可以为多矣。夫讽谕之诗长于激，闲适之时长于遣，感伤之诗长于切，五字律诗百言而上长于赡，五字、七字百言而下长于情，赋赞箴诫之类长于当，碑记叙事制诰长于实，启奏表状长于直，书檄辞册剖判长于尽。总而言之，不亦多乎哉！"《新唐书·白居易传》曰："居易于文章精切，然最工诗。初，颇以规讽得失，及其多，更下偶俗好，至数千篇，当时士人争传。鸡林行贾售其国相，率篇易一金，甚伪者，相辄能辩之。"

面对着盛唐诗人所达到的高峰，中唐诗人在寻找属于自己的路。清人赵翼说："中唐诗以韩、孟、元、白为最。韩、孟尚奇警，务言人所不敢言；元、白尚坦易，务言人所共欲言。试平心论之，诗本性情，当以性情为主。奇警者，犹第在词句间争难斗险，使人荡心骇目，不敢逼视，而意味或少焉。坦易者多触景生情，因事起意，眼前景、口头语，自能沁人心脾，耐人咀嚼。"（《瓯北诗话》）元白选择了通俗一路。较之于元稹，白居易在通俗的道路上走得更远更高。他的诗歌节奏明快、语词清淡。后人用"白俗"二字来概括白居易诗歌的特征，就是指他的诗歌通顺平易。"其笔快如并剪，锐如昆刀，无不达之隐，无稍晦之词。工夫又锻炼至洁，看是平易，其实精纯。"（《瓯北诗话》）"常语易，奇语难，此诗之初关也。奇语易，常语难，此诗之重关。香山用常得奇，此境良非易到。"（刘熙载《艺概·诗概》）这是一种超越了平直和浅薄之后的通俗。当然，人无完人，诗也一样，白居易诗歌并非篇篇珠玑，特别是他创作有三千多首诗歌的时候，难免鱼龙混杂。白居易后期诗歌中反复叹息年龄老大，给人一种唠唠叨叨的感觉。

本书精选白居易诗歌169首，所选诗歌以广泛流传的作品为主，同时也选择了一些可以反映诗人不同思想情感的作品。本书在篇目选择、注释和解读方面参考了许多同类书籍。主要参考的书籍是：陈寅恪先生的《元白诗笺证稿》（上海古籍出版社1978年版），苏仲翔先生的《元白诗选》（古典文学出版社1957年版），霍松林先生的《白居易诗译析》（黑龙江人民出版社1981年版），王汝弼先生的《白居易选集》（上海古籍出版社1980年版），顾学颉、周汝昌先生的《白居易诗选》（人民文学出版社1982版），朱金城、朱易安先生的《白居易诗集导读》（巴蜀书社1988年版），赵立、马连湘先生的《白居易诗选注》（吉林文史出版社2000年版）等。本书是应人民文学出版社周绚隆先生的约定而编写的，由于自己才疏学浅，本书在篇目选择、注释和解读中难免会有许多错误，敬请各位读者予以批评指正。

孙明君

2003年9月6日

江南送北客，因凭寄徐州兄弟书[1]

故园望断欲何如[2]？楚水吴山万里馀[3]。
今日因君访兄弟，数行乡泪一封书。

【注释】

1 徐州：此指符离（今属安徽宿州）。因凭：因此请托。望断：望尽，望不见。
2 故园：家乡。
3 楚水吴山：江南地区。

【解读】

白居易自注："时年十五"，这首诗是乐天现存诗篇中最早的一首诗。当时，其父任徐州别驾，哥哥幼文、弟弟行简和幼美都在符离，诗人自己则在苏州、杭州一带旅行。当有客人北上时，诗人请他捎去一封家书。首句"故园望断欲何如"以问句开篇，以"故园"起始。故园、故乡，在游子的心目中永远是一个神圣的字眼。一般来说，一个十五岁的少年尚不识离家之愁的滋味，而诗人此时却在吴楚一带独自漂泊，他已经深深地体悟到游子思家的愁苦。在他的面前是江南秀丽的山水，他知道，在自己与故园之间相隔千里万里，他只有把对亲人无限的眷恋写入家书，托付北归的客人捎回去，临别之时，不禁涌出思乡的热泪。全诗直抒胸臆，一气呵成，朴实无华，情真意切。

赋得古原草送别[1]

离离原上草[2],一岁一枯荣。
野火烧不尽,春风吹又生。
远芳侵古道,晴翠接荒城[3]。
又送王孙去,萋萋满别情[4]。

【注释】

1 赋得:古代限制题目做诗,常在诗前加"赋得"。本诗是诗人的练习应考的拟作。

2 离离:春草茂盛的样子。

3 晴翠:春草在阳光下泛出青翠之色。

4 "又送"二句:《楚辞·招隐士》:"王孙游兮不归,春草生兮萋萋。"王孙,远行的友人。萋萋,春草茂盛的样子。

【解读】

这首诗作于诗人十六岁时,它为少年诗人带来了巨大的声誉。唐张固《幽闲鼓吹》云:"白尚书应举,初至京,以诗谒顾著作况。顾睹姓名,熟视白公,曰:'米价方贵,居亦弗易。'乃披卷。首篇曰:'咸阳原上草,一岁一枯荣。野火烧不尽,春风吹又生。'即嗟赏曰:'道得个语,居即易矣。'因为之延誉,声名大振。"以后王定保《唐摭言》等书也有类似记录。这个传说不一定可靠，我们却可以通过这个传说看到读者对此诗的喜爱。今人解"野火烧不尽，春风吹又生"为象征新生力量是不可战胜的，这乃是引申义。从全诗看，原上草既是送别时的环境与背景，也象征了朋友之间离别的愁绪。朋友之间的思念有时浓有时淡，却是终生难忘的。当此送别之时，目睹朋友远去，别情就如同萋萋的春草，延伸向遥远的时空。近人俞陛云《诗境浅说》云："此诗借草取喻，虚实兼写。三四承上荣枯而言。……五六句古道荒城，言草所丛生之地；远芳晴翠，写草之状态。而以'侵'字，'接'字，绘其虚神，善于体物，琢句尤工。"全诗自然流畅，语圆意足。"野火"一联唱叹有味，卓绝千古。

王昭君二首[1]

其 一

满面胡沙满鬓风,眉销残黛脸销红。
愁苦辛勤憔悴尽[2],如今却似画图中。

其 二

汉使却回凭寄语,黄金何日赎蛾眉[3]。
君王若问妾颜色,莫道不如宫里时。

【注释】

1　王昭君:一名王嫱,汉元帝时宫女,后被赐为匈奴呼韩邪单于,号宁胡阏氏。《西京杂记》云:"元帝后宫既多,不得常见,乃使画工图形,案图招幸之。诸宫人皆贿赂画工,多者十万,少者亦不减五万。独王嫱不肯,遂不得见。匈奴入朝,求美人为阏氏。于是上案图,以昭君行。及去,召见。貌为后宫第一,善应对,举止闲雅。帝悔之,而名籍已定。帝重信于外国,故不复更人。乃穷案其事,画工皆弃市。籍其家资皆巨万。"

2　憔悴:黄瘦,脸色不好。

3 赎：用财物换回抵押品。

【解读】

王昭君的不幸命运引起后世无数骚人墨客的同情，古今诗人吟咏昭君遭遇的诗篇众多，乐天之外，杜甫、欧阳修、王安石等人都有名作传世。乐天有数首诗写到昭君。此诗作于贞元四年（788），时年十七岁。其一写昭君入胡后的憔悴。时光的流逝，强烈的愁苦，使汉宫第一的王昭君变得憔悴不堪。想象新奇细腻。其二写昭君对汉元帝的思念和渴望归汉的迫切心情。明人瞿佑《归田诗话》曰："诗人咏昭君者多矣，大篇短章，率叙其离愁别恨而已。惟乐天云：'汉使却回凭寄语……'不言怨恨，而拳拳旧主，高过人远甚。其与'汉恩自浅胡恩深，人生乐在相知心'者异矣。"全诗情调温柔敦厚，悱恻缠绵，语浅意深，在众多吟咏昭君诗词中独具一格。

生离别

食檗不易食梅难[1]，檗能苦兮梅能酸。
未如生别之为难，苦在心兮酸在肝。
晨鸡再鸣残月没，征马连嘶行人出。
回看骨肉哭一声，梅酸檗苦甘如蜜。
黄河水白黄云秋，行人河边相对愁。
天寒野旷何处宿，棠梨叶战风飕飕。
生离别，生离别，忧从中来无断绝[2]。
忧极心劳血气衰，未年三十生白发。

【注释】

1 檗（bò 博去声）：黄檗，亦即黄柏，皮黄，可入药，味极苦。

2 "忧从中来"句：本曹操《短歌行》："忧从中来，不可断绝。"

【解读】

贞元十五年（799）春天，乐天由浮梁前往洛阳探望母亲，秋天母亲生病，而白居易需回宣州参加省试，不得不忍痛告别母亲。题目"生别离"出自屈原《九歌·少司命》："悲莫悲兮生别离。"生别离，即活生生的别离，不想别离，不忍别离，又不得不别离，一种心肉撕裂般的感受。全诗笼罩在这种骨肉分离的痛苦中。诗先展开议论：植物中檗味极苦，梅味极酸以此来比喻离别之恨带来的苦酸。接着诗人描写自己告别亲人时的情景。在一个清冷的凌晨，诗人骑马远行。在白水黄云的衬托下，诗人独立河畔，黯自伤神。"天寒"两句写出了游人孤旅的冷清。"生离别，生离别，忧从中来无断绝"是诗人带泪的呐喊。最后两句写自己因忧愁过度而早生华发。全诗浅易通俗而情感真挚深厚。

秋暮西归途中书情

耿耿旅灯下[1]，愁多常少眠。
思乡贵早发[2]，发在鸡鸣前。
九月草木落，平芜连远山[3]。
秋阴和曙色，万木苍苍然。
去秋偶东游，今秋始西旋。
马瘦衣裳破，别家来二年。
忆归复愁归，归无一囊钱。
心虽非兰膏[4]，安得不自燃。

【注释】

1　耿耿：光亮貌。
2　发：起身出发。
3　平芜：平原。芜，丛生的杂草。
4　兰膏：点灯的油。

【解读】

此诗写作时间不详，王汝弼《白居易选集》认为"此诗亦早年漂泊时作。"今从其说。题目交待出此诗写于秋天，诗人正在归家的旅途上。前四句写在客店中的忧愁和离开客店，"发在鸡鸣前"写出了思乡之情的迫切。次四句写沿途所见的景色，有远处秋山，有近处草木；有天空曙色，有地面森林。"去秋"四句交待东游与西旋的时间，描绘自己穷愁潦倒的窘境。最后四句写自己"忆归复愁归"的矛盾心态。读此诗，在我们眼前会浮现出一位贫困的游子正在赶回家乡的身影，他的心里充满了思家与忧贫的双重情感。

自河南经乱，关内阻饥，兄弟离散，各在一处，因望月有感，聊书所怀，寄上浮梁大兄、於潜七兄、乌江十五兄，兼示符离及下邽弟妹[1]

时难年荒世业空[2]，弟兄羁旅各西东。
田园寥落干戈后[3]，骨肉流离道路中。
吊影分为千里雁[4]，辞根散作九秋蓬。
共看明月应垂泪，一夜乡心五处同。

【注释】

1 河南经乱：贞元十五年（799）二月，宣武节度使董晋死后，部下举兵叛乱。三月，彰义节度使吴少诚又叛。这两次战乱，都在当时河南道境内。关内阻饥：贞元十四年、十五年，长安周围旱灾严重。阻饥，困苦饥饿之意。浮梁大兄：指作者的大哥幼文。於潜七兄：指作者叔父季康的大儿子。乌江十五兄：指作者的一位堂兄。符离：今属安徽宿州。下邽（guī 归）：县名，在今陕西渭南。

2 时难：指"河南兵乱"。年荒：指"关内阻饥"。世业：祖宗遗留下来的产业。

3 寥落：荒废，冷落。

4　吊影：失群而飞，形单影只。

【解读】

唐贞元十五年（799），白居易在洛阳侍奉母亲，兄弟姐妹分散在五处。诗人对月怀人，写下了这首诗。"时难年荒"写国家的不幸，"世业空"写个人家族的不幸。这一句是总写，以下分写弟兄羁旅、田园寥落、骨肉流离的离乱景况。"五、六佳，雁行本兄弟事，用得自然，'辞根'、'九秋'皆沉着。"（胡以梅《唐诗贯珠》）"千里雁"、"九秋蓬"，对仗工稳，境界开阔。结尾两句照应诗题中的"望月"，用一句进行总摄。虽然亲人分散异地，但心在一处，情在一处，彼此关心，彼此牵挂。大家都有一个美好的回忆：月光中的故乡，昔日故乡月光中的欢快生活。昔日的明月，与今夜的明月，同是一月，昔日兄弟在一处，欢快无比；今日各自漂零，会面无期。此诗不用典故，不事藻绘，以白描手法，家常话语，抒写离乱之中的手足亲情。一气贯注，感慨凄凉。

寄湘灵[1]

泪眼凌寒冻不流[2],每经高处即回头。
遥知别后西楼上,应凭栏干独自愁。

【注释】

1　湘灵:白居易年轻时的恋人。
2　凌:冰。此处作动词。

【解读】

白居易与湘灵之间的爱情真挚而感人。这首诗写与湘灵离别之后,对湘灵的思念。相思之情在时时折磨着诗人,诗人在这里抓取了两个细节,一个是满脸泪水,一任泪水奔涌,由于天寒地冻,泪水凝结在脸庞上。一个是离别之后,诗人一步一步离开了心爱的人,但诗人在频频回首凝望。距离心爱的人儿越来越远了,距离故乡越来越远了,明明知道什么也望不见,但每当登临高处便情不自禁地回头去望。从这个潜意识的动作中可以推知诗人对湘灵的无限情意。后两句没有再写自己的相思,转而去写湘灵独倚西楼怀恋自己。通过遥想对方在思念自己实质上表现出自己对对方的思念,这是中国古典诗歌的常用手法之一。曹丕的《燕歌行》其一、杜甫的《月夜》都采用了这种方法。曹丕的《燕歌行》是男性诗人代女性立言,杜甫的《月夜》是写夫妻之间的情感,而此诗所写的是诗人自己与恋人之间的相思,在中国古典诗歌中,特别是在文人的诗歌中,坦率地写出自己与恋人之情爱的诗篇太少了。白居易不仅写了,而且将这种情感珍藏了多年,这是他的真率之处。

邯郸冬至夜思家[1]

邯郸驿里逢冬至,抱膝灯前影伴身。
想得家中夜深坐,还应说著远行人。

【注释】

1 邯郸:在今河北。冬至:二十四节气之一。冬至日在一年中昼最短,夜最长。

【解读】

此诗大约作于贞元二十年(804)或永贞元年(805),当时诗人正游历河北。冬至在古代中国是一个重要的节日,所以旅途中的白居易会特别关注这一天。一、二句写驿里逢节,抱膝枯坐,孤寂之感,思家之情,溢于言表。后二句正面写思家。诗人断定家人深夜亦未休息,皆在计算着远行人的行程和归期,想象着远行人孤身在外如何过节。短短四句既写了邯郸驿里的诗人心理,也写出了千里之外家人的惦记,浓浓的亲情,浸透其中。

感秋寄远

惆怅时节晚，两情千里同。

离忧不散处，庭树正秋风。

燕影动归翼，蕙香销故丛。

佳期与芳岁，牢落两成空[1]。

【注释】

1　牢落：孤寂，无聊。

【解读】

　　本诗大约作于贞元二十年（804），写诗人与恋人湘灵之间的感情。同期作者有《冬至夜怀湘灵》一诗，诗云："艳质无由见，寒衾不可亲。何堪最长夜？俱作独眠人！"写得大胆直率，此诗则显得含蓄蕴藉，两首诗所流泻的思念之情却都是真切感人的。诗以"惆怅"开篇，为全诗定下了"惆怅"的基调。首二句写时光已晚，又是一年终了时，思念之情不因千里而淡漠，两情相同，两心如一。"离忧"二句写秋风可吹落树叶，吹不散恋人离别的忧愁。"燕影"二句写仰视燕子归翼牵动诗人愁绪，俯视蕙兰凋零引起万般感慨。尾二句是一声深重的喟叹，相逢的佳期已经成为梦想，没有实现的日子。从此诗中看，诗人与湘灵之间已经分手，昔日的热恋都已经化为遥远的回忆，但诗人自己、诗人也深信湘灵对他们之间的爱情依然铭刻在心，情难割舍。

《唐宋诗醇》评此诗："律法整严，尚与盛唐相近，腹联已开晚唐李商隐一派。"

三月三十日题慈恩寺[1]

慈恩春色今朝尽,尽日裴回倚寺门[2]。
惆怅春归留不得,紫藤花下渐黄昏。

【注释】

1 慈恩寺:在长安东南郊。临近曲江池和乐游原,是长安人赏春的胜地。贞观二十一年(647)唐高宗李治做太子时,为了纪念其亡母文德皇后所修,故曰慈恩寺。永徽三年在慈恩寺内建塔,此塔即慈恩寺塔,又名大雁塔。

2 裴回:徘徊。

【解读】

这是一首惜春的诗。在一个晚春的早晨,诗人来到慈恩寺内,尽日徘徊流连,不忍离去。他之所以"尽日"不去,是因为在他看来"慈恩春色今朝尽",今天是春色离去的最后一天,诗人要与春色同住。春色将尽是一个渐变的过程,不是哪一天就尽的,诗人偏偏说"今朝尽",体现出诗人对春色的无限流连。后二句写直到黄昏时刻,诗人依然在紫藤花下,惆怅天色已晚,惆怅春色将逝。宋人吴可《藏海诗话》云:"白乐天诗云:'紫藤花下渐黄昏',荆公作《苑中》绝句,其卒章云:'海棠花下怯黄昏'，乃是用乐天语，而易'紫藤'为'海棠'，便觉风韵超然。"其实不必厚此薄彼，二句所写一是素雅之紫藤，一是娇艳之海棠，各有风韵在其中。

禁中月[1]

海水明月出，禁中清夜长。
东南楼殿白，稍稍上宫墙。
净落金塘水，明浮玉砌霜。
不比人间见，尘土污清光。

【注释】

1 禁：宫禁，皇帝的住处。

【解读】

贞元十九年（803）春，白居易与元稹等人以书判拔萃科登第，授秘书省校书郎。永贞二年（806）罢校书郎。此诗或作于任校书郎其间。起句"海水明月出"，写月升，想象明月从千里之外的大海上冉冉升起，次句"禁中清夜长"，着眼于当前。眼前诗人正在宫禁之内，深深感到清夜的漫长。在漫长而孤寂的夜晚，只有一轮明月陪伴着他。时光在推移，月华也在流转。"净落"两句写出了月华的清净明亮。最后两句写禁中清静无尘，梦中的月光比其他地方的月光更加清亮。自古以来，明月就以它的皎洁美丽吸引着无数人的目光，诗人们为我们留下了无数咏月的佳作，白居易此诗也是其中之一。

长恨歌

汉皇重色思倾国[1],御宇多年求不得。
杨家有女初长成[2],养在深闺人未识。
天生丽质难自弃,一朝选在君王侧。
回眸一笑百媚生,六宫粉黛无颜色[3]。
春寒赐浴华清池[4],温泉水滑洗凝脂。
侍儿扶起娇无力,始是新承恩泽时。
云鬓花颜金步摇[5],芙蓉帐暖度春宵。
春宵苦短日高起,从此君王不早朝。
承欢侍宴无闲暇,春从春游夜专夜。
后宫佳丽三千人,三千宠爱在一身。
金屋妆成娇侍夜,玉楼宴罢醉和春。
姊妹弟兄皆列土[6],可怜光彩生门户。
遂令天下父母心,不重生男重生女。
骊宫高处入青云[7],仙乐风飘处处闻。
缓歌慢舞凝丝竹,尽日君王看不足。
渔阳鼙鼓动地来[8],惊破霓裳羽衣曲[9]。
九重城阙烟尘生,千乘万骑西南行。
翠华摇摇行复止[10],西出都门百馀里。

六军不发无奈何[11]，宛转蛾眉马前死。
花钿委地无人收[12]，翠翘金雀玉搔头[13]。
君王掩面救不得，回看血泪相和流。
黄埃散漫风萧索，云栈萦纡登剑阁[14]。
峨嵋山下少人行[15]，旌旗无光日色薄。
蜀江水碧蜀山青，圣主朝朝暮暮情。
行宫见月伤心色，夜雨闻铃肠断声。
天旋日转回龙驭[16]，到此踌躇不能去。
马嵬坡下泥土中[17]，不见玉颜空死处。
君臣相顾尽沾衣，东望都门信马归。
归来池苑皆依旧，太液芙蓉未央柳[18]。
芙蓉如面柳如眉，对此如何不泪垂。
春风桃李花开夜，秋雨梧桐叶落时。
西宫南苑多秋草，宫叶满阶红不扫。
梨园弟子白发新[19]，椒房阿监青娥老[20]。
夕殿萤飞思悄然，孤灯挑尽未成眠。
迟迟钟鼓初长夜，耿耿星河欲曙天。
鸳鸯瓦冷霜华重，翡翠衾寒谁与共。
悠悠生死别经年，魂魄不曾来入梦。
临邛道士鸿都客[21]，能以精诚致魂魄。

为感君王展转思，遂教方士殷勤觅。
排空驭气奔如电，升天入地求之遍。
上穷碧落下黄泉，两处茫茫皆不见。
忽闻海上有仙山，山在虚无缥缈间。
楼阁玲珑五云起，其中绰约多仙子[22]。
中有一人字太真，雪肤花貌参差是[23]。
金阙西厢叩玉扃[24]，转教小玉报双成[25]。
闻道汉家天子使，九华帐里梦魂惊[26]。
揽衣推枕起裴回，珠箔银屏迤逦开[27]。
云鬓半偏新睡觉，花冠不整下堂来。
风吹仙袂飘摇举[28]，犹似霓裳羽衣舞。
玉容寂寞泪阑干[29]，梨花一枝春带雨。
含情凝睇谢君王，一别音容两渺茫。
昭阳殿里恩爱绝[30]，蓬莱宫中日月长[31]。
回头下望人寰处，不见长安见尘雾。
唯将旧物表深情，钿合金钗寄将去[32]。
钗留一股合一扇，钗擘黄金合分钿[33]。
但教心似金钿坚，天上人间会相见。
临别殷勤重寄词，词中有誓两心知。
七月七日长生殿[34]，夜半无人私语时。

在天愿作比翼鸟[35]，在地愿为连理枝[36]。

天长地久有时尽，此恨绵绵无绝期。

【注释】

1　汉皇：汉武帝，此处指唐玄宗。倾国：绝色女子。

2　杨家有女：指杨玉环。原为寿王李瑁妃，开元二十八年（704）被玄宗度为女道士进宫。号太真。天宝四载（745）诏还俗，册为贵妃。天宝十五载（755），安禄山攻入潼关，杨贵妃在马嵬驿被迫自缢。

3　粉黛：女性化妆品，此处借指嫔妃。

4　华清池：在今陕西临潼。

5　金步摇：女性的头饰。金花和珍珠随人走动而摇晃。

6　列土：分封土地。

7　骊宫：骊山的宫殿，即华清宫。

8　渔阳：郡名，治所在今河北蓟县，唐代属范阳节度使管辖，鼙（pí 皮）鼓：骑兵用的小鼓。

9　霓裳羽衣曲：舞曲名。唐时属宫廷大乐。

10　翠华：翠羽装饰的旗子，专指皇帝用的旗子。

11　六军：皇帝的御林军。

12　花钿：精致的首饰。

13　翠翘、金雀、玉搔头：均为首饰名。

14　云栈：栈道高入云中。剑阁：古道路名。在今四川剑阁。

15　峨嵋山：在今四川峨眉。

16　龙驭：皇帝的车马。

17　马嵬坡：地名，在今陕西兴平。杨贵妃死处。

18　太液：太液池，在长安大明宫北。未央：汉宫名，旧址在今陕西西安北。此指唐宫。

19　梨园弟子：唐代供奉宫廷的歌舞艺人。

20　椒房：后妃住的房子。阿监：后宫女官。

21　临邛（qióng 穷）：地名，在今四川邛崃。鸿都：汉代洛阳门名，此指长安。

22　绰约：女子体态优美的样子。

23　参差（cēn cī 岑疵）：近似，好像。

24　玉扃（jiōng 坰）：白玉之门。

25　小玉：吴王夫差的女儿。双成：西王母的侍女董双成。诗中借指杨玉环的侍女。

26　九华帐：精美华丽的帏帐。

27　珠箔（bó 博）：用珠子缀成的带子。逦迤（yǐ lǐ 以里）：曲折连绵。

28　袂（mèi 妹）：袖子。

29　阑干：眼泪纵横流下。

30　昭阳殿：汉代宫殿名。此指唐宫。

31　蓬莱宫：道教传说中的仙山上的宫殿。

32　钿合：用黄金和珠宝镶嵌的盒子。合：通"盒"。

33　擘（bāi 掰）：分开。

34　七月七日：传说中牛郎织女相会的日子。长生殿：骊山华清宫祭神的斋殿。

35　比翼鸟：传说中的鸟名，只有一目一翼，两鸟相比才能飞。

36　连理枝：两株树的干或枝连接在一起。

【解读】

元和元年（806），白居易任盩厔尉，和朋友陈鸿、王质夫共同游历仙游寺，谈到了唐玄宗和杨贵妃的故事，在王质夫的建议下，白居易写作了《长恨歌》，陈鸿写作了《长恨歌传》。

本诗的题旨根据陈鸿的说法在于"意者不但感其事，亦欲惩尤物，窒乱阶，垂于将来者也"（《长恨歌传》）。但从古至今读者的看法并不相同。建国以来，学者对《长恨歌》的主题展开了热烈的讨论。学者的观点主要有三种：一是讽谕说，认为长诗通过对唐玄宗和杨贵妃爱情悲剧的描写，对他们的荒淫生活作了讽刺和揭露，对当时和后世的最高统治者提出了告诫；李杨之间不可能产生真正的爱情，唐玄宗不过是好色之徒，并非重情之人。"汉皇重色思倾国"是笼罩全篇的纲，诗人的本意在于"惩尤物，窒乱阶，垂于将来"。二是爱情说，认为长诗歌颂了李杨之间真挚专一的爱情。他们主张不能用历史上的人物附会作品中的人物，长诗中的李杨是贯彻始终的正面人物形象。讽刺和谴责的含义不明显，更多的是惋惜和同情。

三是双重主题（或曰正副主题）说，其主要观点是：诗人对玄宗既有讽刺也有同情，更为偏重的是对李杨悲剧的同情。长诗的前半部分的主要内容是炽热的恋爱伴以严重的社会效果，诗的后半部分赋予李杨爱情以新的意义。《长恨歌》的双重主题是历史上李杨爱情的双重性的真正写照。此外，还有人认为长诗写的是一件"皇家逸闻"：马嵬事变中杨贵妃未死，易服潜逃，流落民间，当了女道士（有人推断杨贵妃后来在东方海滨城市做了妓女）。还有人认为白居易借《长恨歌》写他与徐州女子湘灵的爱情悲剧。也有人认为长诗是借李杨故事渲染了那个时代的人们对人生的感慨，本诗是苦闷文学的力作。还有主题模糊说、三重主题说等等，不一而足。

  作为艺术的诗歌并不是现实生活镜子式的反映，所以不能把诗歌中的人物等同于现实中的人物，诗歌中的故事是诗人经过艺术加工了的。在这篇长诗中，诗人叙述的重心是唐玄宗与杨贵妃之间的爱情悲剧，"长恨"是全诗的主旨。前半写长恨的酿成，后半描写贵妃死后，玄宗的长恨。最后以"天长地久有时尽，此恨绵绵无绝期"为一诗结穴，点明了题旨。

  全诗既富于浓郁的世俗生活气息，又具有浪漫幻想的色彩。故事回环曲折而又一气舒卷，情感缠绵悱恻，文字哀艳动人，构思精巧，描写细腻，抒情气氛浓郁，语言自然流丽，富于音乐美，具有超越时空的艺术感染力。

赠元稹[1]

自我从宦游,七年在长安[2]。
所得惟元君,乃知定交难。
岂无山上苗,径寸无岁寒[3]。
岂无要津水,咫尺有波澜。
之子异于是[4],久处誓不谖[5]。
无波古井水,有节秋竹竿。
一为同心友,三及芳岁阑[6]。
花下鞍马游,雪中杯酒欢。
衡门相逢迎[7],不具带与冠。
春风日高睡,秋月夜深看。
不为同登科,不为同署官,
所合在方寸,心源无异端[8]。

【注释】

1 元稹(779—831):字微之,别字威明,行九,世称元九。族籍洛阳(在今河南)。中唐著名诗人,与白居易并称为"元白"。白居易的密友。

2 七年:贞元十六年(800)参加进士考试及第,至本诗写作之时——元和元年(806)。

3　"岂无"二句，用左思《咏史》其二诗意。左思原诗为："郁郁涧底松，离离山上苗。以彼径寸茎，荫此百尺条。"

4　之子：此人，指元稹。

5　不谖（xuān 宣）：不会欺诈。

6　"三及"句：元白自贞元十九年订交，主永贞元年，共三年。岁阑，年终。

7　衡门：横门为门，指住所简陋。

8　"不为"四句：不是因为同年登科，在同处做官，才友好如此，而是两人心地相合的缘故。德宗贞元十九年（803），元、白中书判拔萃科，后同授校书郎。方寸，内心。

【解读】

本诗作于元和元年（806），元白之交，深情不渝，被视为士林楷模。这首诗是白居易与元稹相识七年之后的作品，所以诗人一开始就说自己在长安七年"所得唯元君"。然后在对比中突显元稹为人的真诚和刚直。继而回忆两人"花下"、"雪中"、"春风"、"秋月"的交往。最后以"所合在方寸，心源无异端"作结。

西原晚望[1]

花菊引闲行，行上西原路。

原上晚无人，因高聊四顾[2]。

南阡有烟火[3]，北陌连墟墓[4]。

村邻何萧疏[5]，近者犹百步。

吾庐在其下，寂寞风日暮。

门外转枯蓬，篱根伏寒兔。

故园汴水上[6]，离乱不堪去。

近岁始移家，漂然此村住。

新屋五六间，古槐八九树。

便是衰病身，此生终老处。

【注释】

1　原：地势平坦而高之地。

2　聊：姑且。

3　阡：田间小道，南北方向。

4　陌：田间小道，东西方向。墟墓：坟墓。

5　萧疏：萧条稀疏，人烟稀少。

6　故园：徐州府。汴水：即汴渠，自荥阳与黄河分流，向东南流，入于淮、泗。

【解读】

　　本诗作于贞元三十年（804）之后，诗中"近岁始移家"就是指贞元三十年的迁移关中，入住下邽。诗写一个深秋的傍晚，诗人散步时的所见所思。在诗人的笔下，农村里人烟稀少，满目荒凉。自家院子周围也是一片凄冷景象。结尾流露出一种伤感、消极意绪。

晚秋夜

碧空溶溶月华静[1],月里愁人吊孤影[2]。
花开残菊傍疏篱[3],叶下衰桐落寒井。
塞鸿飞急觉秋尽[4],邻鸡鸣迟知夜永。
凝情不语空所思,风吹白露衣裳冷。

【注释】

1 月华:月光,月色。

2 月里:月下,月光下。愁人:忧愁的人,诗人自指。

3 傍:靠近。篱:篱笆。

4 塞:边塞。

【解读】

本诗大约作于元和初年。这是一首月下怀人的诗。碧空浩渺,月光如水,诗人独自徘徊,忧愁难眠。菊已是残菊,桐也是衰桐,让原本忧愁的诗人更增添了一层忧愁。同时这样的景物也是作者忧愁心理的投射。塞鸿急飞让诗人恨自己不能插翅飞翔,邻鸡迟鸣让诗人感觉长夜难眠。"凝情不语"告诉我们诗人心中正在思念一个人,这个人是谁,他没有明说,"空"所思,思念是一种不会有结局的相思。"风吹"句给我们描绘出一个含情凝思、不惧寒冷的多情者形象。全诗将萧瑟的秋意、清凉的月色与悠悠的思念融合为一，情景交融，清新淡雅。

悲哉行[1]

悲哉为儒者[2]，力学不知疲[3]。
读书眼欲暗，秉笔手生胝[4]。
十上方一第[5]，成名常苦迟。
纵有宦达者，两鬓已成丝。
可怜少壮日，适在穷贱时。
丈夫老且病，焉用富贵为[6]。
沉沉朱门宅，中有乳臭儿[7]。
状貌如妇人，光明膏粱肌[8]。
手不把书卷，身不擐戎衣[9]。
二十袭封爵[10]，门承勋戚资[11]。
春来日日出，服御何轻肥。
朝从博徒饮[12]，暮有倡楼期[13]。
评封还酒债[14]，堆金选蛾眉[15]。
声色狗马外，其馀一无知。
山苗与涧松，地势随高卑[16]。
古来无奈何，非君独伤悲。

【注释】

1　悲哉行：属于古乐府杂曲歌辞。

2　儒者：信奉儒家学说的人。这里指处于社会下层的读书人。

3　力学：尽力学习。

4　秉笔：执笔。胝（zhī 知）：皮肤上因长期摩擦而生的厚皮，即"茧子"。

5　十上：赴考十次。第：中第，考中。

6　为：句尾语气词，表示反问。

7　乳臭儿：年幼无知的小子。

8　膏粱：膏即肥肉，粱即白米。这里形容"朱门宅"内富家子弟肌肉丰腴皮肤白净。

9　擐（huàn 换）：穿、穿戴。

10　封爵：唐制，封爵为九等：王、嗣王、郡王、国公、郡公、县公、县侯、县伯、县子、县男。

11　勋戚资：勋，勋官，因功而受奖的文武官员。戚，皇亲国戚。资，资历。

12　博徒：赌徒。

13　期：约，约会。

14　评封：卖掉家产。

15　蛾眉：女子细长而弯曲的眉毛，用"蛾眉"代指美女。

16　"山苗"句：用西晋太康诗人左思《咏史》其二"郁郁涧底松，离离山上苗"之意。

【解读】

　　此篇表现了对世族特权的不满。诗中对照了"儒者"与贵公子的不同命运,作者站在出身贫寒的士人一边,有力揭露了世族与寒族之间的对立,为寒族士人鸣不平。两晋南朝时期盛行门阀制度,形成了"上品无寒门,下品无世族"的不合理现象,到了唐代,还在一定程度上存在。诗人在贞元十六年(800)二十九岁进士及第,所以对求取功名的艰难有充分的认识和体会。全诗比喻巧妙,对比鲜明,充满了对"儒者"的同情和对"乳臭儿"的不满。

观刈麦[1]

田家少闲月[2]，五月人倍忙。
夜来南风起，小麦覆陇黄[3]。
妇姑荷箪食[4]，童稚携壶浆[5]。
相随饷田去[6]，丁壮在南冈[7]。
足蒸暑土气，背灼炎天光[8]。
力尽不知热，但惜夏日长。
复有贫妇人[9]，抱子在其傍。
右手秉遗穗[10]，左臂悬弊筐[11]。
听其相顾言，闻者为悲伤。
家田输税尽[12]，拾此充饥肠。
今我何功德，曾不事农桑[13]。
吏禄三百石[14]，岁晏有馀粮[15]。
念此私自愧，尽日不能忘。

【注释】

1 刈（yì 义）麦：收割小麦。
2 闲月：农闲的日子。
3 覆：覆盖。陇：垄，田埂。
4 荷：扛在肩上。箪食：用圆形竹器盛的食物。

5　童稚：儿童。壶浆：用壶盛的汤水。

6　饷（xiǎng 响）田：给田间劳动的人送饭。

7　丁壮：青壮年男子。

8　灼：烤。

9　复：又。

10　秉（bǐng 柄）：拿着，这里指捡拾。遗穗：遗漏在田间的麦穗。

11　弊筐：破旧的筐子。

12　输税：纳税。

13　农桑：耕田与纺织，泛指农业生产。

14　吏禄：做官的俸禄。三百石：唐朝九品官每月禄米三十石，三百石是指一年的俸禄的约数。

15　岁晏：年底的时候。

【解读】

　　此诗作于元和二年（807），作者时任盩厔尉。诗写夏收时间，作者观看收割小麦的场景及内心的感受。作者所看到的场景有二：一是农民夏收的忙碌辛苦；二是国家重税对农民生活的影响。"田家少闲月"至"但惜夏日长"，为我们描绘了一幅夏收图，五月是小麦成熟的季节，小麦在南风吹拂中成熟了，原本就很忙碌辛劳的田家进入了抢收时期。走在田间小路上的是妇女儿童，他们去给田间收割的人送水送饭。男子冒着酷热，争分夺秒，尽力收割。这是一幅远距离的场景。接下来，从"复有贫妇人"到

"拾此充饥肠"是一幅特写,只写了一个贫妇人,她怀抱孩子,手提破筐,在地上拾麦穗。因为纳税已没有粮食可吃了,只好拾点麦穗充饥。如果没有第二幅画面,我们看见的就是一幅"田家乐"的风俗画。现在有了第二幅画面,让我们看到了田家苦、田家愁。正是这种现象促使诗人反省自己。最后六句写诗人的内疚心情。自己不事农桑,安享吏禄三百石,面对辛劳的田家深感"自愧"。从白居易为民请命、写作大量新乐府的实际行动看,他的"自愧"并不是在矫情。能够冒着酷暑,深入田间地头,了解民情,真心的同情田家而深感"自愧",这样的官吏,在封建时代并不多见。这正是白居易超越了众多士大夫诗人的地方。《唐宋诗醇》云:"'力尽不知热'两句,曲尽农家苦心,恰是从旁看出。'贫妇'一段悲悯更深,聂夷中诗摹写不到。"本诗内涵丰富,有全景勾勒,也有特写镜头,还有内心独白,是白居易讽谕诗中的杰作。

京兆府新栽莲[1]

污沟贮浊水，水上叶田田[2]。

我来一长叹，知是东溪莲[3]。

下有青泥污，馨香无复全。

上有红尘扑，颜色不得鲜。

物性犹如此，人事亦宜然。

托根非其所，不如遭弃捐[4]。

昔在溪中日，花叶媚清涟。

今来不得地，憔悴府门前。

【注释】

1 京兆府：治所在长安，辖十二县。

2 田田：莲叶多而密的样子。汉乐府《江南》云："江南可采莲，莲叶何田田。"

3 东溪：泛指明净的溪水。

4 弃捐：抛弃。

【解读】

作者自注："时为盩厔县尉，趋府作。"县尉的角色或者拜迎长官，或者鞭笞黎庶，对于乐天而言，是一种痛苦的职务。本诗写诗人赴京兆府办事的路上看见了浊水中的莲花，莲花在上下的夹击下失去了馨香，失掉了鲜艳的颜色。接着诗人提出"托根非其所，不如遭弃捐"，可以看出乐天对县尉一职的厌倦。从"今来不得地，憔悴府门前"来看，担任县尉一职对乐天而言是无可奈何的。诗人把官场比作一个污沟，而把自己比为莲花，表明自己不愿意同流合污。

赠 内[1]

生为同室亲,死为同穴尘。
他人尚相勉,而况我与君。
黔娄固穷士[2],妻贤忘其贫。
冀缺一农夫[3],妻敬俨如宾。
陶潜不营生,翟氏自爨薪[4]。
梁鸿不肯仕[5],孟光甘布裙[6]。
君虽不读书,此事耳亦闻。
至此千载后,传是何如人。
人生未死间,不能忘其身。
所须者衣食,不过饱与温。
蔬食足充饥,何必膏粱珍[7]。
缯絮足御寒[8],何必锦绣文[9]。
君家有贻训[10],清白遗子孙。
我亦贞苦士,与君新结婚。
庶保贫与素[11],偕老同欣欣[12]。

【注释】

1 内:内子,旧时士大夫对妻子的称呼。
2 黔娄:春秋时齐国贤者,终生贫穷。

3　冀缺：春秋时晋国人，姓郤（xì隙）。

4　翟氏：陶渊明之妻。爨（cuàn篡）薪：烧火做饭。

5　梁鸿：东汉末年人，隐居不仕。有《五噫歌》传世。

6　孟光：梁鸿之妻，对梁鸿举案齐眉，两人相敬如宾。

7　膏粱：肥肉白米，代指富贵生活。

8　缯：古代丝织品的总称。絮：质地差的丝绵。

9　锦：用彩丝织成各种图案的缎子。绣：用彩丝刺绣成有花纹的绫绸。

10　贻训：遗训，遗教。

11　庶：希望，但愿。

12　欣欣：心情舒畅的样子。

【解读】

元和三年（808），白居易三十八岁，娶妻杨氏。本诗就是赠给新婚妻子的作品。全诗有两层意思，一层是诗人对新婚妻子的爱情，一层是作者剖白自己的志趣。开篇即说"生为同室亲，死为同穴尘"，向对方保证要与妻子相爱一生。结尾又云："庶保贫与素，偕老同欣欣。"即使是终生贫苦，也愿意与妻子白头偕老。第二层写自己是一个安于清贫、保持清白的人，相信妻子也能够和自己一起同甘共苦。作者列举了黔娄、冀缺、陶潜、梁鸿等高士与其妻子之间举案齐眉、同舟共济的事例，并且指出人生在衣食方面达到温饱即可，不必去贪求奢侈豪华的生活。全诗表达了安贫乐道、夫妻恩爱的思想情感。

前庭凉夜

露簟色似玉[1],风幌影如波[2]。
坐愁树叶落,中庭明月多。

【注释】

1　簟(diàn 店):竹席。
2　幌:帐幔,帘帷。

【解读】

　　在一个月色如水的夜晚,诗人在前庭纳凉。首二句写竹席,写帘帷。被露水打湿的竹席如同白玉,被轻风吹动的帘帷如同波浪。作者身边的物是精美的,天气是清凉的。后二句写诗人眼见树叶翩翩漂落,中庭明月如昼。在此良辰美景之际,诗人却加上了"坐愁"二字,于是,树叶的漂落让人忧愁了,中庭的明月也让人忧愁了。忧愁者为何?诗人却没有说。这首小诗写景清丽,全诗玲珑小巧。

李都尉古剑[1]

古剑寒黯黯[2],铸来几千秋。

白光纳日月[3],紫气排斗牛[4]。

有客借一观,爱之不敢求。

湛然玉匣中[5],秋水澄不流。

至宝有本性,精刚无与俦[6]。

可使寸寸折,不能绕指柔。

愿快直士心,将断佞臣头[7]。

不愿报小怨,夜半刺私仇。

劝君慎所用,无作神兵羞[8]。

【注释】

1 李都尉:姓李的都尉,其人不详。都尉:武官官职。唐朝实行府兵制,每府设折冲都尉一人,统领府兵。

2 黯(àn暗)黯:幽深昏黑。

3 纳:纳入,收引。《拾遗记》卷十曰:"越王勾践以白牛白马祀昆吾山神,采金铸之,以成八剑。一名掩日,以之指日,日光尽暗;二曰转魄,指月则蟾兔为之倒转。"

4 排:向上冲开。斗牛:斗宿星,牛宿星,《晋书·张华传》曰:"初吴之未灭也,斗牛之间,常有紫气。……雷焕曰：'宝剑之气，上冲于天耳。'"

5　湛然：水光清澈的样子。此处形容宝剑的光芒。

6　侪：并列。

7　佞臣：奸臣。

8　神兵：神圣的兵器，即宝剑。羞：玷污。

【解读】

　　本诗当作于左拾遗任时，是一首咏"古剑"的诗，先写其神奇，再写其精美、清刚，最后道"将断佞臣头。不愿报小怨，夜半刺私仇"。显然，作者借古剑想要表达的是自己作为朝廷的谏官，将要坚持气节，不畏强权，刚正不阿。本诗是在咏物，也是在写人。清人潘德舆《养一斋诗话》云："白诗虽时伤浅率，而其中实有得于古人作诗之本义，足以抉人识力，养人天性，不可不分别择出以求益焉。如《古剑》诗'可使寸寸折，不能绕指柔'……综而观之，心甚淡，节甚峻，识甚远，信有道者之言。诗可以兴，此类是也。"

初授拾遗[1]

奉诏登左掖[2],束带参朝议。

何言初命卑[3],且脱风尘吏。

杜甫陈子昂[4],才名括天地。

当时非不遇,尚无过斯位[5]。

况余寒薄者[6],宠至不自意[7]。

惊近白日光[8],惭非青云器[9]。

天子方从谏,朝廷无忌讳。

岂不思匪躬[10],适遇时无事。

受命已旬月[11],饱食随班次。

谏纸忽盈箱[12],对之终自愧。

【注释】

1 元和三年(808)五月,白居易初授左拾遗。诗当作于其时。拾遗,唐制,门下省设左拾遗六人,中书省设右拾遗六人,掌供奉和讽谏的事,可参加朝廷的议论,也可单独上奏皇帝。

2 左掖:门下省在大明宫内东边,又称左掖。

3 初命:初次任命的朝官。

4 杜甫:(712—770),字子美,河南巩县人。与李白同为中国诗史上最伟大的诗人，并称"李杜"。人称杜甫为"诗圣"，称其诗为"诗史"。陈子昂（661—702），字伯玉，梓州射洪（今四川射洪市）人，文明元年（684）进士，为诗首倡汉魏风骨，力矫齐梁靡丽之风。

5　斯位：拾遗，杜甫做过左拾遗。陈子昂做过右拾遗。

6　蹇（jiǎn简）薄：才能低下，时运不佳。

7　不自意：自己本来不敢有这样的想法。

8　白日光：比喻皇帝。

9　青云器：古代用"致身青云"来称做大官。

10　匪躬：不能因为个人的利害而不尽忠于君王。语本《易经·蹇卦》："王臣蹇蹇，匪躬之故。"

11　受命：接受任命。

12　谏纸：每月发给谏官的专用公文纸。

【解读】

全诗描绘了自己任左拾遗之后的心情和想法。"奉诏"四句写自己摆脱了风尘小吏，作为朝官，参加了朝廷的议论。"杜甫"四句写大诗人杜甫陈子昂当时也不过做了拾遗，现在自己能够做到拾遗，应当知足。"况余"四句是诗人自谦，说自己担任拾遗，深受皇帝恩宠，"惭非青云器"。"天子"四句美化天子唐宪宗，说他"从谏"、"无忌讳"，表示自己要尽忠于君王。最后四句写自己受命以来已经过去了一二十天，很想呈献谏议，但尚未发现问题。白居易是一位同情人民疾苦，敢于揭发贪官污吏的封建士大夫，读这首诗我们可以相信许多需要揭露的社会问题正在他的胸中酝酿，不久《新乐府》五十首,《秦中吟》十首就要喷薄而出了。

惜牡丹花二首（选一）

惆怅阶前红牡丹，晚来唯有两枝残[1]。
明朝风起应吹尽，夜惜衰红把火看[2]。

【注释】

1 残：剩馀。
2 把火：拿着灯火。

【解读】

原题二首，此为第一首。诗人原注："翰林院北厅花下作。"本诗流露出诗人惜花之情。由前二句可知诗人天天在欣赏这些牡丹，在看出只剩下两枝时心中非常惆怅。后二句便是"惆怅"导致的举止：夜间把火欣赏残花。没有对花、对美充分的向往，便不会有这令人惊异的举动。苏东坡《海棠》诗曰："只恐夜深花睡去，高烧银烛照红妆。"与居易有同样的深情，同样的浪漫。

秋题牡丹丛

晚丛白露夕，衰叶凉风朝。
红艳久已歇，碧芳今亦销。
幽人坐相对[1]，心事共萧条。

【注释】

1　幽人：隐士。此处指自己。

【解读】

　　这也是一首惜花诗。先从时光写起，无论是白露夕，还是凉风朝，诗人都在关注着牡丹，眼看牡丹只剩下晚丛，只剩下衰叶。首二句写出了诗人对花的痴情。"红艳"两句承上而来，写鲜艳的花凋落了，碧绿的花叶也要枯萎了。自己面对残花而静坐，心中有无限的情思，如今却如同这残花一样在无可奈何中变得萧条而寂寥，原来诗人惜花也是在惜人。全诗意境清幽。

题海图屏风

海水无风时，波涛安悠悠。

鳞介无小大[1]，遂性各沉浮。

突兀海底鳌[2]，首冠三神丘[3]。

钓网不能制，其来非一秋。

或者不量力，谓兹鳌可求。

赑屃牵不动[4]，纶绝沉其钩[5]。

一鳌既顿颔[6]，诸鳌齐掉头。

白涛与黑浪，呼吸绕咽喉。

喷风激飞廉[7]，鼓波怒阳侯[8]。

鲸鲵得其便[9]，张口欲吞舟。

万里无活鳞，百川多倒流。

遂使江汉水，朝宗意亦休[10]。

苍然屏风上，此画良有由[11]。

【注释】

1　鳞介：长鳞类动物。

2　突兀：高高耸立。

3　三神丘：三神山，传说中的三座神山：方丈、瀛洲、蓬莱。

4　赑屃（bì xì 必细）：传说力量最大的神龟。

5　纶：钓丝。

6　顿颔（hàn 汉）：点头，引申为反抗，挣扎。

7　飞廉：风神。

8　阳侯：波浪神。

9　鲸鲵：大鱼。

10　朝宗：百川归海。

11　由：来由，道理。

【解读】

　　作者自注："元和己丑年作"，即元和四年（809）。本诗虽名为"题海图屏风"，实际上是首政治诗。这一年成德藩镇王士真死，唐宪宗企图用兵河北，彻底解决藩镇与朝廷对立的局面。白居易上书强烈反对，担心内战一起，生灵涂炭，民不聊生。本诗借题海图屏风劝阻朝廷不能冒险进兵，传达出诗人对国是的无限忧切。"海水"四句写朝廷不用兵时政局相对平稳。"突兀"以下二十句写如果朝廷贸然出兵将会造成的危险形势。用海底龟代指藩镇，"钓网不能制，由来非一秋"写藩镇割据形成日久，不是一朝一夕的事了，想要解决它，难度太大。如今如果想解决一个藩镇，最怕引起"诸鳌齐掉头"的局面，将引起社会大乱。"万里"两句写百姓遭殃，"遂使"两句写诸侯将离心离德。最后两句说屏风上的画的确有其道理，值得深思。本诗将社会政治与一幅屏风画紧密粘合，用题画诗的形式来写国家大事，两者的结合非常巧妙。

江楼月

嘉陵江曲曲江池[1],明月虽同人别离。
一宵光景潜相忆,两地阴晴远不知。
谁料江边怀我夜,正当池畔望君时。
今朝共语方同悔,不解多情先寄诗[2]。

【注释】

1 曲江:在长安东南,为长安游乐胜地。
2 不解:没有想到。

【解读】

　　这是《酬和元九东川路诗十二首》中的第五首。元稹曾于元和四年(809)春天使东川,在嘉陵江岸驿楼中作《江楼月》寄白居易等,诗云:"嘉陵江岸驿楼中,江在楼前月在空。月色满床兼满地,江声如鼓复如风。诚知远近皆三五,但恐阴晴有异同。万一帝乡还洁白,几人潜傍杏园东?"白居易作此诗赠答。首联先说两个地点,元稹在嘉陵江,自己在曲江池,虽然看见的都是同一个月亮,人却不能携手同游。次联写两方在暗暗回忆往日的情谊,无法知道此时对方天空的阴晴。第三联写当时不知道元稹在江边怀念自己的时候,自己也正在曲江池畔思念元稹。尾联交待如今说起来彼此都很后悔,当时没有先寄诗给朋友。白居易是一个明于情深于情的人，他对朋友间的情谊非常看重，在他一生中交往最多的，青壮年时代是元稹，晚年是刘禹锡。他与元稹的交游不仅时间很长，而且情感深厚。本诗写朋友两地间的思念，情真意切。

月夜登阁避暑

旱久炎气盛，中人若燔烧[1]。

清风隐何处，草树不动摇。

何以避暑气，无如出尘嚣[2]。

行行都门外，佛阁正岧峣[3]。

清凉近高生，烦热委静销[4]。

开襟当轩坐，意泰神漂漂。

回看归路傍，禾黍尽枯焦。

独善诚有计，将何救旱苗。

【注释】

1　中（zhòng 众）人：热气触处人身。燔（fán 烦）：烧烤。

2　嚣（xiāo 宵）：喧嚣。

3　岧峣（tiáo yáo 条谣）：本指高山，此处形容佛阁高耸入云。

4　委：确实。

【解读】

本诗写于元和四年（809）夏天，这一年关中大旱。天气酷热难耐。诗人散步寻找纳凉处，登上高阁。"清凉"

四句写诗人进入清凉世界，暑气全销。结尾四句是诗人在回家路上的感想。他看见禾黍枯焦，便想到一个人独善是可以做到的，但要解决民众的生活就不容易了。在一个大热的日子里，诗人不仅仅想着个人的纳凉，也想到了庄稼和民众的生计，这种精神令人感佩。因为诗人的忧虑提高了这首诗的品格。一个在暑热中能想到民众、关怀民众的诗人自然会受到民众的喜爱。一个人独善其身是容易的，想要"兼济天下"就不容易了。在中国古代，也有一些能够乐天下人之乐、忧天下人之忧的读书人，白居易当是其中之一。写作手法上，先写酷热，再写清凉，最后写忧虑，按照时间和个人感受一路写了下来，水到渠成，十分自然。

杂兴三首（选一）

越国政初荒，越天旱不已。
风日燥水田[1]，水涸尘飞起[2]。
国中新下令，官渠禁流水。
流水不入田，壅入王宫里[3]。
馀波养鱼鸟，倒影浮楼雉[4]。
澹滟九折池[5]，萦回十馀里[6]。
四月芰荷发[7]，越王日游嬉。
左右好风来，香动芙蓉蕊。
但爱芙蓉香，又种芙蓉子。
不念阊门外[8]，千里稻苗死！

【注释】

1　燥：干燥。此处为动词。

2　涸：干涸。

3　壅（yōng 拥）：堵塞。

4　雉（zhì 志）：雉堞。

5　澹滟：水光浮动的样子。

6　萦（yíng 赢）回：曲折往复。

7　芰（jì 计）：菱，水中草本植物。

8　阊（chāng昌）门：宫门。

【解读】

　　原题三首，此为第二首。本诗写于左拾遗任内，从外表上看是一首咏史诗，实际上借古讽今。首四句写越国政治腐败，天气大旱，水田干涸，尘土飞扬。"国中"以下所描绘的似乎是一个世外桃源：这里有十里荷塘，鸟语花香，波光潋滟。越王置身于此清凉世界，尽情嬉游，沉醉在温柔富贵之乡。在诗的结尾处，诗人写道："不念阊门外，千里稻苗死！"读了这首诗读者虽然不能说皇帝就是导致百姓受灾的罪魁祸首，但起码可以说皇帝并没有把人民的苦难放在心头。在封建时代，敢于写出这种直刺皇帝的诗歌需要很大的勇气。虽然写的是"越国"，但这时唐都亦是大旱之年，"将何救旱苗"（《月夜登阁避暑》）也是一个迫在眉睫的问题。

凶 宅

长安多大宅，列在街西东。
往往朱门内，房廊相对空。
枭鸣松桂树[1]，狐藏兰菊丛。
苍苔黄叶地，日暮多旋风。
前主为将相，得罪窜巴庸[2]。
后主为公卿，寝疾殁其中[3]。
连延四五主，殃祸继相踵[4]。
自从十年来，不利主人翁。
风雨坏檐隙，蛇鼠穿墙墉[5]。
人疑不敢买，日毁土木功。
嗟嗟俗人心[6]，甚矣其愚蒙。
但恐灾将至，不思祸所从。
我今题此诗，欲悟迷者胸。
凡为大官人，年禄多高崇。
权重持难久，位高势易穷。
骄者物之盈，老者数之终[7]。
四者如寇盗[8]，日夜来相攻。
假使居吉土，孰能保其躬[9]。

因小以明大，借家可喻邦。

周秦宅崤函[10]，其宅非不同。

一兴八百年，一死望夷宫[11]。

寄语家与国，人凶非宅凶。

【注释】

1　枭（xiāo宵）：猫头鹰。

2　巴庸：两个地区。巴，今四川东部一带。庸，今湖北西北一带。

3　殁：死亡。

4　踵：继，跟随。

5　墉：墙。

6　嗟（jiē接）嗟：叹息的样子。

7　数：时，命运。

8　四者：即前面所说的"权重"、"位高"、"骄者"和"老者"。

9　躬：身体。

10　崤：崤陵。函：函谷关。在今河南西北，是通往关中的要地。

11　望夷宫：秦朝宫殿名，秦二世被杀于此宫殿中。

【解读】

题为"凶宅"，诗从"长安多大宅"写起。长安是唐代的首都，长安街上寸土寸金，大宅应该价值昂贵，现在却有一种反常的现象："往往朱门内，房廊相对空"。这到底是什么原因呢？"枭鸣"四句写空宅内景象，阴森恐怖，猫头鹰在松树枝上鸣叫，狐狸出没于花丛。日落时分地面会刮起旋风。迷信的说法认为，旋风与鬼怪相关。"前主"以下八句写此宅不利主人，十年来主人或获罪，或死亡，连续四五个主人都遭遇了祸殃。"风雨"四句写大宅现状，久无人住，正在毁坏。"嗟嗟"以下十六句是诗人的解剖。在诗人看来权重、位高、骄傲、年老四者是导致主人不幸的根本原因，祸害不是外在力量，而是咎由自取。"因小"以下六句借家喻国，国家的兴亡不在于天命，而在于人事。最后的结论是"人凶非宅凶"。本诗破除了"凶宅"说的迷信，正确指出了凶宅的根源，并且对上层统治者提出了忠告，敲响了警钟。清人沈德潜《唐诗别裁集》云："大声疾呼，可破聋聩。"

劝酒寄元九[1]

薤叶有朝露[2],槿枝无宿花[3]。
君今亦如此,促促生有涯[4]。
既不逐禅僧,林下学楞伽[5]。
又不随道士,山中炼丹砂[6]。
百年夜分半,一岁春无多。
何不饮美酒,胡然自悲嗟[7]。
俗号销愁药,神速无以加。
一杯驱世虑,两杯反天和。
三杯即酩酊[8],或笑任狂歌。
陶陶复兀兀[9],吾孰知其他。
况在名利途,平生有风波。
深心藏陷阱,巧言织网罗。
举目非不见,不醉欲如何。

【注释】

1 元九:元稹。

2 薤(xiè 谢):一种多年生草本植物。

3 槿:木槿。一种落叶灌木。

4 促促:短促的样子。

5　楞伽：梵文 LanKa 的译音。山名，相传佛教在此讲经，此指佛教。

6　丹砂：朱砂。一种朱红色的矿物。道教方士用丹砂等炼制药物。

7　胡然：为什么这样。

8　酩酊：大醉。

9　陶陶：欢乐舒畅的样子。兀兀：昏昏沉沉的样子。

【解读】

　　本诗是写给元稹的劝酒诗。为什么劝朋友饮酒呢？"薤叶"四句写人生苦短。汉乐府有出殡时挽歌辞《薤露行》，感叹人生如同薤叶上的露水，太阳出来就消失了。读本诗首句自然会联想到《薤露行》。木槿的花朵刚刚绽放就凋谢了，人生也很短促。"既不"四句写有些人在信佛，有些人在学道，他们都有一种精神寄托。如今你我都不是这样。"百年"四句写人生百年一半是夜晚，一年之间春天来了匆匆又去。为什么不去饮美酒而要悲嗟呢？"俗号"以下八句写饮酒的妙处。酒可以消愁驱忧，忘记自我。"况在"六句写人在仕途多有风波，充满了陷阱和罗网，只有醉酒才能消解忧患。前面所表现的人生苦短、时光漂忽是从汉末魏晋以来常见的题材。最后作者加上了仕途的坎坷，显然是有感而发。如果完全归结为消沉颓丧，是不公正的，这其中也包含了作者对现实的不满和反抗。

寄唐生[1]

贾谊哭时事[2],阮籍哭路歧[3]。
唐生今亦哭,异代同其悲。
唐生者何人,五十寒且饥。
不悲口无食,不悲身无衣。
所悲忠与义,悲甚则哭之。
太尉击贼日[4],尚书叱盗时[5]。
大夫死凶寇[6],谏议谪蛮夷[7]。
每见如此事,声发涕辄随。
往往闻其风,俗士犹或非。
怜君头半白,其志竟不衰。
我亦君之徒,郁郁何所为[8]。
不能发声哭,转作乐府诗。
篇篇无空文,句句必尽规[9]。
功高虞人箴[10],痛甚骚人辞[11]。
非求宫律高,不务文字奇。
惟歌生民病[12],愿得天子知。
未得天子知,甘受时人嗤[13]。
药良气味苦,琴澹音声稀[14]。

不惧权豪怒,亦任亲朋讥。
人竟无奈何,呼作狂男儿。
每逢群盗息,或遇云雾披[15]。
但自高声歌,庶几天听卑[16]。
歌哭虽异名,所感则同归。
寄君三十章[17],与君为哭词。

【注释】

1　唐生:唐衢。河南荥阳人。善诗,目睹国事日非,常痛哭流涕,故人云唐衢善哭。唐生,对唐衢的尊称。

2　贾谊:洛阳人。西汉初期杰出的政治家和文学家。二十馀岁为博士。后贬为长沙王太傅,又为梁怀王太傅。三十二岁去世。哭时事:《汉书·贾谊传》:"(贾)谊数上疏,陈时事,多所欲匡建,其大略曰:'君窃惟事势可为痛哭者一,可为流涕者二,可为长太息者六,若其他背理而伤道者,难遍以疏举。'"

3　阮籍(210—263):字嗣宗,陈留尉氏(今属河南)人。竹林七贤之一。正始时代著名诗人。哭路歧:《晋书·阮籍传》:"时率意独驾,不由路径,车迹所穷,辄恸哭而反。"

4　"太尉"句:作者自注:"段太尉以笏击朱泚。"段太尉为段秀实。朱泚阴谋叛唐自立,段秀实以笏击打朱泚,并唾面大骂,遂遇害。事见《旧唐书·段秀实传》。

5　"尚书"句：作者自注"颜尚书叱李希烈。"颜尚书即颜真卿。南平郡王李希烈起兵反唐，颜真卿见李希烈，面对种种威吓诱逼，坚不为动，大声叱贼，不久被缢死。事见《旧唐书·颜真卿传》。

6　"大夫"句：作者自注云："陆大夫为乱兵所害。"陆大夫即陆长源，被不守宪章的兵士杀而食之。事见《旧唐书·陆长源传》。

7　"谏议"句：作者自注云："阳谏议左迁道州。"阳谏议指阳城，因与奸臣裴延龄对立而被贬谪。事见《旧唐书·阳城传》。

8　郁郁：忧愁貌。

9　尽规：尽规劝。

10　虞人：古代掌管山泽苑囿的官员。箴：一种文体，以告戒规劝为主。《左传·襄公四年》载："昔周辛甲之为太史也，命百官箴王阙，于虞人之箴。"白居易曾作有《读虞人箴》。

11　骚人辞：屈原的《离骚》等作品。

12　生民：民众。

13　嗤：讥笑。

14　琴澹：指古琴音节曲调比较简单。希：《老子》："听之不闻名曰希。""大音希声。"

15　云雾：比喻奸臣。披：拨开，打开。

16　庶几：表愿望的词。天听卑：此指皇帝听取来自社会下层的声音。

17　三十章：指白居易的部分讽刺诗。

【解读】

元和五年（810）五月五日，白居易改官京兆户曹参军，次年母陈氏卒于长安，白居易丁忧退居下邽。诗当作于作者在长安时。这首诗写了两个人物，一个是唐生，一个是诗人自己。《石园诗话》曰："唐衢，即唐生也。想生亦元和间诗人，而诗不显于后世。幸而与香山相知，得附名于集，不然，千载而下，孰知头半白而志不衰之唐生也！"《唐诗快》曰："此真奇人奇事也。世传唐衢善哭，若无乐天此诗，只将衢看作杨朱、阮籍一流矣。"本诗前半部分在勾画奇人唐生，他最大的特点是"所悲忠与义，悲甚则哭之"。诗的后半部分写自己长歌当哭，是唐生的知己。"非求宫律高，不务文字奇"是白居易诗歌的特点，宫律高、文字奇对作者而言，不是不能为而是不愿为。"惟歌生民病，愿得天子知"两句是白居易乐府诗的写作宗旨，是作者的创作宣言。正因为有唐生这样的知己，让白居易感到吾道之不孤。

新乐府五十首（选二十）

上阳白发人[1]——愍怨旷也[2]

上阳人，红颜暗老白发新。绿衣监使守宫门[3]，一闭上阳多少春。玄宗末岁初选入[4]，入时十六今六十。同时采择百馀人，零落年深残此身[5]。忆昔吞悲别亲族，扶入车中不教哭。皆云入内便承恩，脸似芙蓉胸似玉。未容君王得见面，已被杨妃遥侧目[6]。妒令潜配上阳宫[7]，一生遂向空房宿。宿空房，秋夜长，夜长无寐天不明。耿耿残灯背壁影，萧萧暗雨打窗声。春日迟，日迟独坐天难暮。宫莺百啭愁厌闻，梁燕双栖老休妒。莺归燕去长悄然[8]，春往秋来不记年。唯向深宫望明月，东西四五百回圆。今日宫中年最老，大家遥赐尚书号[9]。小头鞋履窄衣裳，青黛点眉眉细长。外人不见见应笑，天宝末年时世妆。上阳人，苦最多。少亦苦，老亦苦，少苦老苦两如何。君不见昔时吕向《美人赋》[10]，又不见今日上阳白发歌。

【注释】

1　上阳：宫名，在洛阳，唐高宗时建。

2　愍：悲怜。怨旷：怨女旷男。

3　绿衣监使：唐制，京都诸苑各设监官一人，身穿深绿色公服。

4　玄宗：唐玄宗李隆基。

5　残：剩留。

6　杨妃：贵妃杨玉环。侧目：斜目而视。

7　潜配：暗中发配。

8　悄然：孤寂忧愁的样子。

9　大家：皇家，宫廷中口语。尚书：女尚书，宫中女官。

10　吕向：字子回，唐玄宗时人。开元十年召入翰林，兼集贤院校理。作者原注："天宝末，有密采艳色者，当时号花鸟使。吕向献《美人赋》以讽之。"

【解读】

《新乐府》五十首作于任左拾遗时期。作者序中说："篇无定句，句无定字，系于意不系于文。首句标其目，卒章显其志：《诗三百》之义也。其辞质而径，欲见之者易谕也。其言直而切，欲闻之者深诫也。其事核而实，使采之者传信也。其体顺而肆，可以播于乐章歌曲也。总而言之，为君、为臣、为民、为物、为事而作，不为文而作也。"乐府，秦代就有，汉武帝时扩大了乐府（管理音乐的机构）的职能，开始搜集和整理民歌。后来把乐府机关搜集到的诗歌也称为乐府。汉代以后，一些文人采用乐府旧题拟作、创作了许多诗篇。唐代诗人杜甫用乐府的形式写作了许多即事名篇。中唐诗人李绅作《乐府新题》二十首（后佚），白居易、元稹等人继起创作，使此类诗歌空前繁荣，后人称之为"新乐府运动"或"新乐府诗潮"。白居易的《新乐府》、《秦中吟》是其中的扛鼎之作。

  作者自云《上阳白发人》为"愍怨旷"之作，并自注："天宝五载以后，杨贵妃专宠，后宫人无复进幸矣。六宫有美色者，辄置别所，上阳是其一也。贞元中尚存焉。"本诗通过一位上阳宫中老年宫女的悲惨一生，表达了作者对宫女的无限同情，控诉了封建帝王霸占、摧残无辜宫女的罪恶。《容斋随笔》云："白乐天《长恨歌》、《上阳人歌》，元微之《连昌宫词》，道开元间宫禁事最为深切矣。"诗先写"红颜暗老白发新"，红褪白生，一少一老，交待时光的流逝。在上阳宫门一直坐着绿衣监使，多少个春天过去了，再一直没有走出宫门。接着回忆十六岁入宫时的情景，读之使人心酸。入宫后被杨贵妃妒忌，直接封闭进了上阳宫，一生独守空房。"大家遥赐尚书号"，这个尚书只是虚衔，要它什么用也没有。继而描写她的打扮尚是天宝末年的时世妆。在外人看来自会发笑的装束里，暗含了多少人生的悲辛！结尾两句用吕向《美人赋》

与自己的《上阳白发歌》相呼应，表现出有良心的文人学士对这一摧残人性的选美制度的抗议！

新丰折臂翁[1]——戒边功也[2]

新丰老翁八十八，头鬓眉须皆似雪。玄孙扶向店前行[3]，左臂凭肩右臂折[4]。问翁臂折来几年，兼问致折何因缘[5]。翁云贯属新丰县[6]，生逢圣代无征战。惯听梨园歌管声[7]，不识旗枪与弓箭。无何天宝大征兵[8]，户有三丁点一丁。点得驱将何处去[9]，五月万里云南行。闻道云南有泸水[10]，椒花落时瘴烟起[11]。大军徒涉水如汤[12]，未过十人二三死。村南村北哭声哀，儿别爷娘夫别妻。皆云前后征蛮者[13]，千万人行无一回。是时翁年二十四，兵部牒中有名字[14]。夜深不敢使人知，偷将大石锤折臂[15]。张弓簸旗俱不堪[16]，从兹始免征云南。骨碎筋伤非不苦，且图拣退归乡土[17]。此臂折来六十年，一肢虽废一身全。至今风雨阴寒夜，直到天明痛不眠。痛不眠，终不悔，且喜老身今独在。

不然当时泸水头，身死魂孤骨不收。应作云南望乡鬼，万人冢上哭呦呦[18]。老人言，君听取。君不闻开元宰相宋开府[19]，不赏边功防黩武[20]。又不闻天宝宰相杨国忠[21]，欲求恩幸立边功[22]。边功未立生人怨，请问新丰折臂翁。

【注释】

1　新丰：唐县名，在今陕西临潼。

2　边功：开拓疆土之功。

3　玄孙：孙子的孙子。

4　凭肩：扶在别人肩上。

5　因缘：原因。

6　贯：籍贯。

7　梨园：唐玄宗时宫廷教练歌舞的地方，后亦泛指演唱之所。

8　天宝：唐玄宗年号（713—742）。

9　驱将：驱使。将，语助词。

10　泸水：唐代指金沙江。

11　瘴：瘴气，南方山林间的毒气。烟：瘴气之烟雾。

12　徒涉：徒步涉水。汤：烫人的水。

13　蛮：对古代南方少数民族的蔑称。

14　兵部：唐尚书省六部之一，掌管军事。牒（dié碟）：名册，名单。

15　将：拿。

16　簸（bǒ跛）旗：摇旗，打旗。

17　拣退：挑选出来退回家去。

18　呦（yōu悠）呦：哭声。这里指鬼哭声。

19　宋开府：宋璟，开元时宰相，后任开府仪同三司。作者原注："开元初，突厥数寇边。时天武军牙将郝灵荃出使，因引特勒回鹘部落，斩突厥默啜，献首于厥下，自谓有不世之功，时宋璟为相，以天子年少好武，恐徼功者生心，痛抑其党，逾年始授郎将。灵荃遂恸哭呕血而死。"

20　黩武：滥用武力。

21　杨国忠：杨贵妃的堂兄，天宝年间任宰相。

22　恩幸：皇帝的宠爱。作者原注："天宝末，杨国忠为相，重结阁罗凤之役，募人讨之，前后发二十馀万众，去无返者。又捉人连枷赴役，天下怨哭，人不聊生，故禄山得乘人心而盗天下。元和初而折臂翁犹存，因备歌之。"

【解读】

在许多朝代，都有好大喜功、穷兵黩武的统治者，这些不义战争给普通民众直接带来了巨大灾难。唐天宝时期，朝廷对西南用兵，前后造成二十馀万人死亡。这首诗借新丰县一位老人的不幸遭遇，反省当年的战争。元和初年，在西北边境也有"欲求恩幸立边功"的苗头，白居易这首诗不仅具有历史意义，也有一定的现实意义。全诗表现的是反对穷兵黩武、渴望和平的主题，作者借助于一位老人的遭遇来说明主题。诗一开篇先写一个八十八岁，"头鬓眉须皆似雪"的老翁，他右臂已折。接下来由老翁自述臂折的因缘。为了逃避"千万人行无一回"的战争，老人自己"偷将大石锤折臂"，"至今风雨阴寒夜，直至天明痛不眠。痛不眠，终不悔，且喜老身今独在"。上四句写老翁身心痛苦，刻画细致入微，令人不忍卒读。结尾部分以宋璟、杨国忠对举，反映两种不同的统治策略。《唐宋诗醇》云："大意亦本之杜甫《兵车行》、前后《出塞》等篇，借老翁口中说出，便不伤于直遂，促促刺刺，如闻其声，而穷兵黩武之祸不待言矣。末又以宋璟、杨国忠比勘，开元、天宝治乱之机，具分于此。前事不忘，后事之师也。可谓'诗史'。"

太行路——借夫妇以讽君臣之不终也

太行之路能摧车，若比人心是坦途。巫峡之水能覆舟，若比人心是安流。人心好恶苦不常，好生毛羽恶生疮。与君结发未五载，岂期牛女为参商[1]。古称色衰相弃背，当时美人犹怨悔。何况如今鸾镜中[2]，妾颜未改君心改。为君熏衣裳，君闻兰麝不馨香[3]。为君盛容饰，君看金翠无颜色。行路难，难重陈。人生莫作妇人身，百年苦乐由他人。行路难，难于山，险于水。不独人间夫与妻，近代君臣亦如此。君不见左纳言，右纳史[4]，朝承恩，暮赐死。行路难，不在水，不在山，只在人情反复间。

【注释】

1 牛女：牛郎、织女。参（shēn 申）商：二星名，一在西，一在东，互不相见。

2 鸾镜：镜子的别称。鸾，传说中凤凰类神鸟。

3 兰麝：此指香料。兰，植物名，花味清香。麝，野兽名，雄的脐部有香腺，能分泌麝香。

4 左纳言、右纳史：官职名。陈寅恪《元白诗笺证稿》认为"右纳史当作右内史也"。

【解读】

题目为"太行路"，诗人点题直起写太行之路的艰难，写巫峡行舟的艰险，但这一切与人心相比就不算什么。人心险于太行与巫峡，遂得出了"人生莫作妇人身，百年苦乐由他人"的结论。这是对男尊女卑社会的抗议。在封建纲常中"君为臣纲，夫为妻纲"，夫妻之间与君臣之间有一定相通处，所以诗人自注本诗题旨为"借夫妇以讽君臣之不终也"。在专制制度下，大臣们"朝承恩，暮赐死"的例子屡见不鲜。古人说"伴君如伴虎"，作为左拾遗的白居易对君主的反复无常有了切身的体会。《唐诗快》曰："此等诗可谓极显浅矣。然一字一句，何非名理？即不作诗观，亦当作格言观。"

昆明春[1]——思王泽之广被也

昆明春，昆明春，春池岸古春流新。影浸南山青滉漾[2]，波沉西日红渊沦[3]。往年因旱池枯竭，龟尾曳涂鱼唅沫[4]。诏开八水注恩波[5]，千介万鳞同日活。今来净绿水照天，游鱼鲅鲅莲田田[6]。洲香杜若抽心短[7]，沙暖鸳鸯铺翅眠。动植飞沉皆遂性[8]，皇泽如春无不被。渔者仍丰网罟资[9]，贫人久获菰蒲利[10]。诏以昆明近帝城，官家不得收其征。菰蒲无租鱼无税，近水之人感君惠。感君惠，独何人，吾闻率土皆王民，远民何疏近何亲！愿推此惠及天下，无远无近同欣欣。

吴兴山中罢榷茗[11]，鄱阳坑里休封银[12]。天涯地角无禁利，熙熙同似昆明春[13]。

【注释】

1　昆明春：作者自注："贞元中始涨之。"昆明池，在今陕西长安，汉武帝时开凿，唐德宗贞元年间重新修浚。

2　南山：终南山，在陕西西安南。

3　渊沦：水波回旋状。

4　呴（xǔ许）沫：呴，吹气呵气。《庄子·大宗师》云："泉涸，鱼相与处于陆，相呴以湿，相濡以沫，不如相忘于江湖。"

5　八水：长安周围的八条河，分别是灞水、浐水、泾水、渭水、丰水、镐水、牢水、潏水。

6　鲅（bō波）鲅：鱼自由游动的样子。

7　杜若：香草名。

8　飞沉：飞禽类与水族。

9　网罟（gǔ古）：捕鱼之网。

10　菰：多年生草本植物，生长在池沼中，其嫩茎可做蔬菜，俗名茭白，果实叫菰米，又名雕胡米。蒲：蒲苇。

11　榷茗：收茶税。茗，茶。

12　封银：封闭银矿，禁止开采。

13　熙熙：和乐的样子。

【解读】

诗篇描绘了昆明池的美景，这里影浸南山，波沉西日，清水照天，鱼游自由，莲花盛开，鸳鸯卧沙，"动植飞沉皆遂性"。皇帝不仅让昆明池中的动物植物受到了恩泽，而且，尤为重要的是恩准这里的渔者贫人可以不纳税。乐天在肯定皇帝恩德的同时，又尖锐地指出："吾闻率土皆王民，远民何疏近何亲！"他希望皇帝一视同仁，达到"天涯地角无禁利，熙熙同似昆明春"的境界。这种免收赋税的主张对天下的贫人而言是求之不得的，但在最高统治者那里是根本不可能实施的。白居易的建议只是一个美好的幻想。

道州民[1]——美臣遇明主也

道州民，多侏儒[2]，长者不过三尺馀。市作矮奴年进送，号为道州任土贡[3]。任土贡，宁若斯[4]，不闻使人生别离，老翁哭孙母哭儿。一自阳城来守郡[5]，不进矮奴频诏问。城云臣按六典书[6]，任土贡有不贡无。道州水土所生者，只有矮民无矮奴。吾君感悟玺书下[7]，岁贡矮奴宜悉罢[8]。道州民，老者幼者何欣欣。父兄子弟始相保，从此得作良人身。道州民，民到于今受其赐，欲说使君先下泪[9]。仍恐儿孙忘使君，生男多以阳为字。

【注释】

1　道州：唐州名，在今湖南道县。

2　侏儒：身材矮小的人。

3　任土贡：《尚书·禹贡》："任土作贡。"即按照土地、生产状况来确定赋税和贡品。这里指用侏儒作为道州的贡品。

4　宁若斯：反问句，难道就是这样吗？

5　阳城：字亢宗，北平（今河北顺平）人。守郡：担任太守。

6　《六典》：《唐六典》，一部记载唐朝规章制度的书。

7　玺书：皇帝的诏书。

8　悉罢：全部停止。

9　使君：对太守的尊称。

【解读】

本诗是对阳城的赞颂诗。《新唐书·阳城传》曰：

"（道）州产侏儒，岁贡诸朝。（阳）城哀其生离，无所进。帝使求之，城奏曰：'州民尽短，若以贡，不知何者可贡？'自是罢。州人感之，以'阳'名子。"从汉代开始，侏儒就成为宫廷玩弄的对象，到了唐代变本加厉，道州的侏儒竟然作为本州的贡品而年年进送。统治者只是考虑个人的享乐，根本不去考虑侏儒们的生活、情感与尊严。阳城担任太守之后，没有唯上是从，敢于冒着生命危险对抗诏问，义正词严地指出："只有矮民无矮奴"，充分体现了对于生命个体的尊重。从道州人民"欲说使君先下泪"、"生男多以阳为字"的行为中，我们可以看出道州人民对正直官吏的拥戴与热爱。从本诗的写作，我们也可以看出白居易对道州人民的同情和对阳城式的清廉爱民之官吏的肯定。

缚戎人[1]——达穷民之情也[2]

缚戎人，缚戎人，耳穿面破驱入秦。天子矜怜不忍杀[3]，诏徙东南吴与越[4]。黄衣小使录姓名[5]，领出长安乘递行[6]。身被金创面多瘠[7]，扶病徒行日一驿[8]。朝餐饥渴费杯盘[9]，夜卧腥臊污床席。忽逢江水忆交河[10]，垂手齐声呜咽歌。其中一虏语诸虏，尔苦非多我苦多[11]。同伴行人因借问，欲说喉中气愤愤。自云乡管本凉原[12]，大历年中没落蕃[13]。一落蕃中四十载，遣着皮裘系毛带[14]。唯许正朝服汉仪[15]，敛衣整巾潜泪垂[16]。誓心密定归乡计，不使蕃中妻子知。暗思幸有残筋力[17]，更恐年衰归不得。蕃候严兵鸟不飞[18]，脱身冒死奔逃归。昼伏宵行经大漠[19]，云阴月黑风沙恶。惊藏青冢寒草疏[20]，偷渡黄河夜冰薄。忽闻汉军鼙鼓声[21]，路傍走出再拜迎。游骑不听能汉语，将军遂缚作蕃生[22]。配向东南卑湿地[23]，定无存恤空防备[24]。念此吞声仰诉天，若为辛苦度残年。凉原乡井不得见，胡地妻儿虚弃捐[25]。没蕃被囚思汉土，归汉被劫为蕃虏。早知如此悔归来，两地宁如一处苦[26]。缚戎人，戎人之中我苦辛。自古此冤应未有，汉心汉语吐蕃身。

【注释】

1　戎人：西北少数民族。
2　达：传递。

3　矜怜：怜悯。

4　吴：吴国。越：越国。春秋战国时代国名，在今江、浙一带。

5　黄衣小使：下层太监。

6　乘递：即坐驿之车。

7　金创：为金器所伤害。瘠：瘦。

8　驿：驿站。约三十里设一驿。

9　费：通"弗"，没有。

10　交河：在今新疆吐鲁番。

11　尔：你们。

12　乡管：乡贯，籍贯。凉原：凉州、原州的简称。在今甘肃、宁夏一带。

13　蕃：吐蕃，古代西部少数民族之一。大历：代宗年号（766—779）。

14　着：穿。裘：皮衣。

15　正朝：正月初一。

16　敛衣：整理衣服。

17　筋力：精力。

18　候：斥候，即游动的哨兵。

19　宵行：夜间行走。

20　青冢：王昭君的坟墓，在今内蒙古归化。

21　鼙（pí 皮）鼓：骑兵用的小鼓。

22　蕃生：吐蕃生口，活捉的吐蕃俘虏。

23　卑湿地：低洼潮湿的地方。

24　存恤：存问抚恤。

25　胡地：吐蕃之地。弃捐：抛弃。

26　宁如：还不如。

【解读】

　　此篇是元稹同题诗的和作。元诗的结尾说："缘边饱馁十万众，何不齐驱一时发？年年但捉两三人，精卫衔芦塞溟渤。"重在揭露边将们拥兵十万，不图进取，年年只捉几个俘虏，于事无补。白诗另辟蹊径，不蹈覆辙，所写为一位没蕃归汉之汉人的奇特遭遇。《唐宋诗醇》曰："边将冒功之状，无辜被俘之情，曲曲传出。结语尤令人失笑。"这个故事写边将活捉了一些戎人，天子下诏迁移他们到吴越一带去。在行进的途中，其中一虏回顾身世，最为苦辛。本诗的三分之二都是一虏在诉说，他本为汉人，大历年中他的家乡被吐蕃侵占，在敌占区生存了四十年后，只身潜逃，投奔唐王朝。没有料到却被游骑活捉，"将军遂缚作蕃生"，被流放东南，与胡地妻儿天各一方，永无会面之日。最后以"自古此冤应未有，汉心汉语吐蕃身"结尾，其实，结语不是令人失笑，而是令人愤慨，边将的昏庸无能表现得淋漓尽致。

骊宫高[1]——美天子重惜人之财力也

高高骊山上有宫，朱楼紫殿三四重。迟

迟兮春日，玉甃暖兮温泉溢[2]。袅袅兮秋风[3]，山蝉鸣兮宫树红。翠华不来岁月久[4]，墙有衣兮瓦有松[5]。吾君在位已五载，何不一幸乎其中。西去都门几多地，吾君不游有深意。一人出兮不容易，六宫从兮百司备。八十一车千万骑，朝有宴饫暮有赐[6]。中人之产数百家，未足充君一日费。吾君修己人不知，不自逸兮不自嬉。吾君爱人人不识，不伤财兮不伤力。骊宫高兮高入云，君之来兮为一身，君之不来兮为万人。

【注释】

1 骊宫：在今陕西临潼骊山上的宫殿。

2 甃（zhòu 皱）：井壁。此指温泉池壁。

3 袅袅：风动的样子。《楚辞·九歌·湘夫人》云："袅袅兮秋风，洞庭波兮木叶下。"

4 翠华：天子的旗子。

5 衣：苔衣。墙垣上生的草苔。

6 饫（yù 玉）：古代统治者家庭私宴。

【解读】

诗人首先描绘骊山宫的美景与寂寥，接着颂扬皇帝即位五载以来未曾幸乎其中。诗人挖掘这其中有深意，皇帝一走兴师动众、耗费巨大，"中人之产数百家，未足充君一日费"。诗人最后说："君之来兮为一身，君之不来兮为万人。"诗人能够站在平民的立场上，充分肯定了不驾幸骊山的行为，认为这是"修己"、"爱人"的举动。

西凉伎[1]——刺封疆之臣也[2]

西凉伎，假面胡人假狮子。刻木为头丝作尾，金镀眼睛银帖齿。奋迅毛衣摆双耳[3]，如从流沙来万里[4]。紫髯深目两胡儿，鼓舞跳梁前致辞[5]。应似凉州未陷日[6]，安西都护进来时[7]。须臾云得新消息，安西路绝归不得。泣向狮子涕双垂，凉州陷没知不知。狮子回头向西望，哀吼一声观者悲。贞元边将爱此曲[8]，醉坐笑看看不足。娱宾犒士宴监军[9]，狮子胡儿长在目。有一征夫年七十，见弄凉州低面泣[10]。泣罢敛手白将军[11]，主忧臣辱昔所闻。自从天宝兵戈起，犬戎日夜吞西鄙[12]。凉州陷来四十年，河陇侵将七千里[13]。平时安西万里疆，今日边防在凤翔[14]。

缘边空屯十万卒,饱食温衣闲过日。遗民肠断在凉州,将卒相看无意收。天子每思长痛惜,将军欲说合惭羞[15]。奈何仍看西凉伎[16],取笑资欢无所愧[17]。纵无智力未能收[18],忍取西凉弄为戏。

【注释】

　　1　西凉:指晋十六国之一的西凉故地,在今甘肃北部一带。伎:技艺。

　　2　封疆之臣:对边境安全负有重任的将帅。

　　3　奋迅:奋发,迅速。

　　4　流沙:随风而流动的沙子,泛指西北边疆地区。

　　5　跳梁:跳跃。

　　6　凉州:在今甘肃北部。未陷日:尚未攻陷的时候。

　　7　安西:在今新疆。安西都护府在交河城(今新疆吐鲁番西)。

　　8　贞元:代宗年号(785—805)。

　　9　监军:监督军队的官吏,唐玄宗开始用宦官充任此职。

　　10　弄:演奏。凉州:凉州曲。

　　11　敛手:拱手。

　　12　犬戎:西北古代的少数民族之一,此指吐蕃。

　　13　河陇:河西与陇右,指今甘肃。侵将:侵占。

14　凤翔：在今陕西。

15　合：应该。

16　奈何：为什么。

17　资：取。

18　智力：能力。

【解读】

　　本诗意在讥刺封疆之臣苟且偷安、醉生梦死的生活。"西凉伎"是一种来自西凉的狮子舞。中唐时期，一些边将很喜爱此曲，经常边饮酒边笑看，不仅自己看，还用它来劳军待客欢宴监军。那么这个舞所表现的是什么内容呢？读诗就可以知道，此舞所表现的正是凉州陷落的悲剧。"须臾云得新消息，安西路绝归不得。"作为朝廷的封疆大臣，不仅不对凉州的陷落感到悲伤和羞耻，反而以凉州陷落作为佐酒取乐的笑料。诗的后半部分，作者借一位年已七十的"征夫"之口，讽刺了封疆大臣"饱食温衣闲过日"的堕落生活和可耻行径，表现出深厚的爱国主义情操。《唐宋诗醇》曰："前半叙事，却插入'应似凉州未陷日'二句，所谓横空盘硬语也。'凉州陷来四十年'四句与前相映，笔力排奡，仿佛似杜；结处仍是香山本色。"

涧底松——念寒俊也[1]

有松百尺大十围，生在涧底寒且卑。涧

深山险人路绝，老死不逢工度之[2]。天子明堂欠梁木[3]，此求彼有两不知。谁谕苍苍造物意[4]，但与之材不与地。金张世禄原宪贫[5]，牛衣寒贱貂蝉贵[6]。貂蝉与牛衣，高下虽有殊。高者未必贤，下者未必愚。君不见沉沉海底生珊瑚[7]，历历天上种白榆[8]。

【注释】

1 寒俊：寒士中的有才之人。

2 度（duó夺）：丈量，勘测。

3 明堂：宫殿。

4 谕：明白。苍苍：上苍，天空。造物：主宰宇宙的力量。

5 金张：金即金日䃅，张即张安世，两人均为西汉时贵族。此处泛指世族。原宪：孔子弟子，安贫乐道。《庄子·让王》谓其居桑枢瓮牖，匡坐弦歌。原宪，一作"黄宪"。黄宪，汉人，隐逸不仕。

6 牛衣：寒士身上披的草帘。貂蝉：汉中侍中、中常侍帽子上的饰物。

7 珊瑚：海中动物之一，可做装饰品。

8 "历历"句：《陇西行》："天上何所有？历历种白榆。"白榆，榆木之一种，材质没有太大的用处。

【解读】

在封建时代，寒士与世族的冲突一直存在。两晋南朝时期是门阀制度的鼎盛期，太康诗人左思《咏史》其二充分揭露了门阀制度对庶族士人的不公。到了唐代，庶族士人的地位有了很大提升。白居易自己也属于庶族士人的行列。在诗人看来国家在选拔人才时还没有充分考虑到寒贱之士。此诗是在模仿、借鉴左思《咏史》其二的基础上完成的。左思诗开篇以"涧底松"与"山上苗"对举，乐天诗则集中笔墨写涧底松。对"涧底松"的描写更加细致。涧底松可以作为天子明堂的栋梁之材。通过"貂蝉与牛衣"的对比，指出"高者未必贤，下者未必愚"。本诗旨在向最高统治者提出建议，一定要重视出身于社会中下层的士人，在国家建设中这是一支不可忽视的力量。唐代社会虽然已不同于两晋，但历史上长期存在的门阀制度的阴影依然存在，如果不注意解决，必将失去庶族士人之心。

红线毯[1]——忧蚕桑之费也

红线毯，择茧缫丝清水煮[2]，拣丝练线红蓝染[3]。染为红线红于蓝，织作披香殿上毯[4]。披香殿广十丈馀，红线织成可殿铺[5]。彩丝茸茸香拂拂，线软花虚不胜物[6]。美人蹋上歌舞来，罗袜绣鞋随步没。太原毯涩毳缕硬[7]，蜀都褥薄锦花冷[8]；不如此毯温且柔，年年十月来宣州[9]。宣城太守加样织[10]，自谓为臣能竭力。百夫同担进宫中，线厚丝多卷不得。宣城太守知不知？一丈毯，千两丝！地不知寒人要暖，少夺人衣作地衣[11]！

【注释】

1 红线毯：红色丝织地毯。宣州所贡的工艺品。

2 缲（sāo 骚）丝：将蚕茧抽为丝缕。

3 练线：水煮丝线，使之变白变软。红蓝：红蓝花，可制胭脂及红色颜料。

4 披香殿：汉代后宫殿名。泛指宫廷里的歌舞之地。

5 可：满，全部。

6 不胜物：无法承受物体的重量，形容地毯非常松软。

7 毳（cuì 翠）缕：毛线。鸟兽身上的细毛。

8 蜀都褥：即蜀地成都所织的锦缎地毯。

9 宣州：今安徽宣城。

10 加样织：不断变换图案花样而加工织出。

11 少：不要。

【解读】

红线毯是当时地毯中的精品，工艺复杂，用丝量大，为了自己荒淫无度的享乐,皇帝需要很多红线来铺宫殿。作为地方官的宣州太守为了逢迎讨好皇帝,根本不考虑民力物力,唯上不唯下,主动向皇帝表白忠心,自谓要竭力去进贡红线毯。诗人批判的锋芒不仅仅指向宣州太守,其实也大胆地指向了当代皇帝。这需要过人的勇气和胆略。诗篇结尾处,诗人大声呵斥:"地不知寒人要暖,少夺人衣作地衣!"义正词严,感情激昂。《唐宋诗醇》云:"通首直叙到底,出以径遂,所谓长于激也。"与对帝王和宣州太守的态度不同,诗人对"拣丝练线"的纺织工和"百夫同担进宫中"的运输工充满了同情,正是这些身处社会底层的劳动者创造了最精美的工艺品,而他们自己却缺衣少食。一个封建时代的士大夫能够对下层民众有这种发自内心的同情的确是很感人的。

杜陵叟[1]——伤农夫之困也

杜陵叟,杜陵居,岁种薄田一顷馀[2]。三月无雨旱风起,麦苗不秀多黄死[3]。九月降霜秋早寒,禾穗未熟皆青干[4]。长吏明知不申破[5],急敛暴征求考课[6]。典桑卖地纳官租,明年衣食将何如。剥我身上帛,夺我口中粟。虐人害物即豺狼,何必钩爪锯牙食人肉[7]。不知何人奏皇帝,帝心恻隐知人弊。白麻纸上书德音[8],京畿尽放今年税[9]。昨日里胥方到门[10],手持尺牒榜乡村[11]。十家租税九家毕,虚受吾君蠲免恩[12]。

【注释】

1　杜陵:汉宣帝陵墓。在今陕西西安东南。叟:老头。

2　一顷:一百亩。

3　秀:植物抽穗开花。

4　青干:干死。

5　长吏:地方官员。申破:申报,向上报告。

6　求考课:在考课中获得好评。课,按照一定的标准试验、考核。

7　钩爪锯牙:像钩子样的爪,像锯子一样的牙。

8　白麻纸:唐代重大事情诏书用白麻纸,一般的制、敕用黄麻纸。德音:恩诏,多用于赈灾和赦免等。

9　京畿:京城附近的地区。

10　里胥(xū 虚):唐代百户为里,设里正一人。

11　尺牒(dié 碟):公文,皇帝下的命令。榜:张贴。

12　蠲(juān 娟)免:减免,免除。

【解读】

　　唐元和四年（809）春天，长安附近地区大旱。乐天此诗即以之为背景，通过杜陵老人的遭遇来表现封建帝王及官吏对待贫民的态度。为了在考课中求得升迁，地方官隐瞒灾情，急敛暴征，逼得农民典桑卖地。其中"剥我"四句站在灾民立场上指斥地方官员，把他们比喻为虐人害物的豺狼。诗中说"不知何人奏皇帝"，其实正是乐天自己所奏。《资治通鉴·唐纪·宪宗纪》记载元和四年，翰林学士白居易和李绛上言请求减免租税。诗人上奏了皇帝，没有在这里写出，意在表明自己并非为了个人的声名，而是为了切实解决民生的困顿。当皇帝的"德音"张贴出来时，老百姓已交纳了今年的租税，"虚受吾君蠲免恩"。最后的这个场景不是对皇帝恻隐之心的歌颂，而是对皇帝及地方官员的讽刺。《唐宋诗醇》曰："从古及今，善政之不能及民者多矣。一结慨然思深，可为太息。"

卖炭翁——苦宫市也[1]

　　卖炭翁，伐薪烧炭南山中[2]。满面尘灰烟火色，两鬓苍苍十指黑[3]。卖炭得钱何所营[4]，身上衣裳口中食。可怜身上衣正单，心忧炭贱愿天寒。夜来城外一尺雪，晓驾炭车辗冰辙[5]。牛困人饥日已高，市南门外泥中歇。翩翩两骑来是谁，黄衣使者白衫儿[6]。手把文书口称敕[7]，回车叱牛牵向北[8]。一车炭，千馀斤，宫使驱将惜不得。半匹红纱一丈绫[9]，系向牛头充炭直[10]。

【注释】

1 宫市：宦官直接从民间采办宫中所需物品。

2 伐薪：砍柴。南山：终南山，在今陕西西安南。

3 苍苍：鬓发苍白。

4 营：求。

5 辗冰辙：沿着结冰的车辙驾车向前走。

6 黄衣使者：品级较高的宦官。白衫儿：宦官的爪牙，帮助太监抢夺的人。

7 敕：皇帝的命令。

8 叱：吆喝。

9 "半匹"句，唐代绢帛等丝织品可替代货币使用，"半匹红纱一丈绫"与一车炭的价值相差甚远。

10 系（jì 记）：拴，扎。充炭直：算做炭的价钱。

【解读】

韩愈《韩昌黎集》卷七《顺宗实录》卷二云："旧事：宫中有要市外物，令官吏主之，与人为市，随给其直。贞元末，以宦者为使，抑买人物，稍不如本估；末年不复行文书,置'白望'数百人于两市并要闹坊,阅人所卖物,但称'宫市',即敛手付与,真伪不复可辨,无敢问所从来,其论价之高下者,率用百钱物买人直数千钱物,仍索进奉'门户'并'脚价'钱;将物诣市,至有空手而归者。名为宫市,而实夺之。尝有农夫以驴负柴至城卖,遇宦者称宫市,取之,才与绢数尺,又就索'门户',仍邀以驴送至内;农夫涕泣,以所得绢付之;不肯受,曰:'须汝驴送柴至内。'农夫曰:'我有父母妻子,待此然后食;今以柴与汝,不取直而归,汝尚不肯!我有死而已!'遂殴宦者。街吏擒以闻,诏黜此宦者而赐农夫绢十匹。然宫市亦不为之改易。谏官御史数奏疏谏,不听。"以上文为背景,可以知道所谓"宫市"就是一种公开的掠夺。乐天之诗与昌黎之文皆用生动的事例向我们展现了宫市的本质。昌黎之文乃是新闻记录,而乐天之诗乃是艺术结晶。诗中老翁不仅有外貌描写,也有心理临摹。"心忧炭贱愿天寒"一语令人心酸。全诗"直书其事,而其意自见,更不用著一断语"(《唐宋诗醇》)。卖炭翁的遭遇不是个别的孤立的,正是千千万万个无辜农夫遭遇的缩影。

母别子——刺新间旧也[1]

母别子,子别母,白日无光哭声苦。关西骠骑大将军[2],去年破虏新策勋[3]。敕赐金钱二百万[4]，洛阳迎得如花人[5]。新人迎来旧人弃，掌上莲花眼中刺。迎新弃旧未足悲，悲在君家留两儿。一始扶行一初坐，坐啼行哭牵人衣。以汝夫妇新燕婉[6]，使我母子生别离。不如林中乌与鹊，母不失雏雄伴雌。应似园中桃李树，花落随风子在枝。新人新人听我语，洛阳无限红楼女。但愿将军重立功，更有新人胜于汝。

【注释】

1　新：新人。间：挑拨离间。旧：旧人。

2　关西：函谷关以西。骠骑（jì记）大将军：唐代武官散阶中最高一级。

3　策勋：把功勋记录在册。

4　敕赐：皇帝赏赐。

5　洛阳：唐代东京，在今河南。

6　燕婉：形容新婚夫妇缠绵恩爱。《诗经·邶风·新台》："燕婉之求，籧篨不鲜。"

【解读】

本诗写男子富贵易妻的丑行。先写母子别离的凄苦景象，继而交待此妇是骠骑大将军之妻，大将军得到皇帝赏赐的二百万金钱后，新娶了如花似玉的新人。被视为眼中刺的旧人不得不告别两个幼小的儿子。她深深感慨林中之鸟雄雌相伴，人却有始无终。最后四句是对新人的诅咒。其实，新人也是一个被玩弄者，也不能左右自己的命运。在封建时代，男性操纵着女性的命运，本诗中所写的婚姻现象，原因在于大将军喜新厌旧、玩弄情感，但旧人没有认识到这一点，只是将无限的愤怒倾泻在新人身上。

时世妆[1]——儆戒也[2]

时世妆，时世妆，出自城中传四方。时世流行无远近，腮不施朱面无粉。乌膏注唇唇似泥[3]，双眉画作八字低。妍媸黑白失本态[4]，妆成尽似含悲啼。圆鬟无鬓椎髻样[5]，斜红不晕赭面状[6]。昔闻被发伊川中[7]，辛有见之知有戎[8]。元和妆梳君记取[9]，髻堆面赭非华风。

【注释】

1　时世妆：时髦的装扮。

2　儆：同"警"。

3　乌膏：黑色的唇膏。

4 妍媸（chī 吃）：美丑。

5 椎（chuí 锤）髻：圆锥式的发型。

6 斜红：腮不施朱，红色施于脸侧，故云斜红。不晕：没有光彩。赭（zhě者）面：红褐色的面庞。

7 被发：披发。伊川：伊河。

8 辛有：人名，春秋时人。有戎：将会有戎人入侵之事发生。

9 元和：唐宪宗年号（806—821）。

【解读】

本诗是乐天对当时流行的女性妆扮的议论。对于美的追求是人的天性，女性较之男性更为关注自己的容颜。在白居易的时代，从城中向四方流传着这样的妆扮：两腮不施朱红，面庞不擦粉。在口唇上抹上黑色的像泥一样的唇膏，两个眉毛画成八字状。一改往日的美丑观念，打扮成一种正在悲啼的模样。发型高耸如同椎子，两腮斜涂成红褐色。对这样一种不伦不类的打扮，诗人颇为反感。借用"辛有过伊川"的典故，指出将会有戎人入侵之事发生。最后说"髻堆面赭非华风"，看来在诗人的心目中所崇尚的是传统的庄重的美，而不是现在这样怪异的悲啼式的美。在我们看来，美是流动的，不同时代有不同的审美观，但美应该是健康的，诗中所描绘的那种悲啼式妆扮显然是病态的。诗人将梳妆打扮与戎人入侵联系起来，其实是一种正统观念的折射；化妆发型与戎人入侵之间并没有必然的联系。

陵园妾[1]——怜幽闭也
（一作托幽闭，喻被谗遭黜也）

陵园妾，颜色如花命如叶。命如叶薄将奈何，一奉寝宫年月多。年月多，时光换，春愁秋思知何限。青丝发落丛鬓疏，红玉肤销系裙慢。忆昔宫中被妒猜，因谗得罪配陵来。老母啼呼趁车别，中官监送锁门回。山宫一闭无开日，未死此身不令出。松门到晓月裴回[2]，柏城尽日风萧瑟。松门柏城幽闭深，闻蝉听燕感光阴。眼看菊蕊重阳泪，手把梨花寒食心。把花掩泪无人见，绿芜墙绕青苔院。四季徒支妆粉钱，三朝不识君王面[3]。遥想六宫奉至尊，宣徽雪夜浴堂春[4]。雨露之恩不及者，犹闻不啻三千人[5]。三千人，我尔君恩何厚薄。愿令轮转直陵园[6]，三岁一来均苦乐。

【注释】

1　陵园妾：被幽闭于陵园中的宫女。陵园，皇帝的坟墓之园。

2　裴回：徘徊。

3　三朝（cháo 潮）：三个皇帝。

4　宣徽、浴堂：宫殿名。

5　啻（chì 赤）：但，只。

6　直：值守。

【解读】

比起上阳人来，陵园妾的遭遇更为悲惨。当年陵园妾因为在宫中被妒猜，因谗得罪被关入陵园中，侍奉死去的皇帝。陵园妾最后的愿望是"愿令轮转直陵园，三岁一来均苦乐"。她对迫害自己的皇帝怨而不怒，她的这样一种隐忍与谦卑态度让我们更加哀其不幸。诗中写陵园风光与人物心理相配合。自然之美让陵园妾愈加感伤。诗人在序中说"喻被谗遭黜也"，陵园妾的命运与那些正直敢言从而被流放的士人是相同的。

盐商妇——恶幸人也[1]

盐商妇，多金帛，不事田农与蚕绩[2]。南北东西不失家，风水为乡船作宅。本是扬州小家女[3]，嫁得西江大商客[4]。绿鬟富去金钗多[5]，皓腕肥来银钏窄[6]。前呼苍头后叱婢[7]，问尔因何得如此。婿作盐商十五年，不属州县属天子。每年盐利入官时，少入官家多入私。官家利薄私家厚，盐铁尚书远不知[8]。何况江头鱼米贱，红脍黄橙香稻饭[9]。饱食浓妆倚柁楼[10]，两朵红腮花欲绽。盐商妇，有幸嫁盐商。终朝美饭食，终岁好衣裳。好衣美食来何处，亦须惭愧桑弘羊[11]。桑弘羊，死已久，不独汉时今亦有。

【注释】

1 恶幸人：恶，厌恶。幸人，幸民，此指盐商。避唐太宗李世民讳，故称"人"。

2 蚕绩：养蚕、纺织等工作。

3 扬州：在近江苏，唐时为经济繁荣的都市。

4 西江：长江下游南岸的江西、安徽一带。

5 绿鬟：墨绿色的环形发髻。

6 银钏：银手镯。窄：小。

7 苍头：奴隶，指仆人。叱：呼喝。婢：丫鬟。

8 盐铁尚书：唐元和元年（806），由吏部尚书代盐铁使。

9　红脍（kuài 快）：切细的鱼肉。

10　柁楼：大船船尾处的小楼。柁，同"舵"。

11　桑弘羊：洛阳人，汉武帝时任大司农，掌管全国盐铁专卖。

【解读】

白居易《策林·议盐法之弊·论盐商之幸》云："自关以东，上农大贾，易其资产，入为盐商。率多藏私财，别营稗贩。少出官利，唯求隶名。居无征徭，行无榷税。身则庇于盐籍，利尽入于私室。此乃下有耗于农商，上无益于管榷明矣。盖山海之饶，盐铁之利，利归于人，政之上也。利归于国，政之次也。若上既不归于人，次又不归于国。使幸人奸党，得以自资。此乃政之疵，国之蠹也。今若铲革弊法，沙汰奸商，使下无侥幸之人，上得析毫之计，斯又去弊兴利之一端也。"本诗就是这种思想的形象化表述。与《策林》不同的是，诗歌巧妙地从盐商妻子的角度写起，盐商之妻不事生产，却多有金帛。她原本出身小户人家，只因嫁给了盐商，就过上了奢侈豪华的生活，终日饱食浓妆，好衣美食。这一切都是因为其夫投机取巧，"少入官家多入私"带来的暴富。在诗的结尾，诗人呼唤出现唐代的桑弘羊，深信唐代也有桑弘羊，只是统治者不去重用。诗人主张改革盐法，愤慨不法盐商与盐官勾结，使政府蒙受了巨大的经济损失，使贫民生活更加困苦。本诗中色彩非常鲜亮，"绿鬟"、"皓腕"、"红脍"、

"黄橙"、"浓妆"、"红腮",但由于诗人旨在"恶幸人",所以盐商妇的装扮和生活并不给人以美感,只让人感到刺目和奢华。

井底引银瓶[1]——止淫奔也

井底引银瓶,银瓶欲上丝绳绝。石上磨玉簪[2],玉簪欲成中央折。瓶沉簪折知奈何,似妾今朝与君别。忆昔在家为女时,人言举动有殊姿[3]。婵娟两鬓秋蝉翼[4],宛转双蛾远山色[5]。笑随戏伴后园中,此时与君未相识。妾弄青梅凭短墙[6],君骑白马傍垂杨。墙头马上遥相顾,一见知君即断肠。知君断肠共君语,君指南山松柏树。感君松柏化为心,暗合双鬟逐君去[7]。到君家舍五六年,君家大人频有言[8]。聘则为妻奔是妾,不堪主祀奉蘋蘩[9]。终知君家不可住,其奈出门无去处。岂无父母在高堂[10],亦有亲情满故乡。潜来更不通消息[11],今日悲羞归不得。为君一日恩,误妾百年身。寄言痴小人家女[12],慎勿将身轻许人。

【注释】

1 引：汲引。银瓶：汲水的器物。

2 簪：簪子，别住发髻的条状物，用金属、骨头、玉石等制成。

3 殊姿：与众不同的姿态。

4 婵娟：美好。蝉翼：鬓发像蝉的双翼一样。崔豹《古今注·杂注》云："魏文帝宫人……琼树乃制蝉鬓，缥缈如蝉，故曰蝉鬓。"

5 双蛾：双眉。远山色：出自《西京杂记》："司马相如妻文君，眉色如望远山，时人效画远山眉。"

6 "妾弄"两句：出自李白《长干行》："君骑竹马来，绕床弄青梅。"

7 暗合双鬟：古代未婚女子把头发梳成左右双髻，结婚时合而为一。暗合：未经家长同意，私自合而为一。

8 君家大人：男方父母。

9 不堪主祀：不能作为主祀。古代认为私奔者为妾，不具备正妻作为主祀人的资格。蘋蘩：两种祭祀时用的植物。

10 高堂：住宅的正房，指代父母。

11 潜来：偷偷地与男子离开故乡。

12 寄言：传话给。

【解读】

陈寅恪《元白诗笺证稿》云："乐天《新乐府》与

《秦中吟》之所咏，皆贞元、元和间政治社会之现相。此篇以'止淫奔'为主旨，篇末以告诫痴小女子为言，则其时风俗男女关系与之相涉可知。此不须博考旁求，元微之《莺莺传》即足为最佳之例证。盖其所述者，为贞元间事，与此篇所讽者时间至近也。……夫始乱终弃，乃当时社会男女间习见之现相。"乐天此诗意在阻止社会上普遍存在的淫奔现象，他通过一位女子之口以此女的亲身经历来现身说法。最后的结论是"寄言痴小人家女，慎勿将身轻许人"。诗人并不是反对自由恋爱，而只是说自由恋爱一定要谨慎，即使你所选择的男子对你情有独钟，也要考虑到家庭和社会环境。本诗开头四句，用"银瓶"、"玉簪"象征自由的爱情，用"丝绳绝"、"中央折"表示爱情的失败。继而回忆起少女时代的生活。"妾弄青梅凭短墙，君骑白马傍垂杨"两句被元代剧作家白朴压缩为戏曲名《墙头马上》。《墙头马上》即是以《井底引银瓶》为基础而加以再创造的。

天可度——恶诈人也

天可度，地可量，唯有人心不可防。但见丹诚赤如血[1]，谁知伪言巧似簧[2]。劝君掩鼻君莫掩，使君夫妇为参商[3]。劝君掇蜂君莫掇，使君父子成豺狼[4]。海底鱼兮天上鸟，高可射兮深可钓。唯有人心相对时，咫尺之间不能料[5]。君不见李义府之辈笑欣欣[6]，笑中有刀潜杀人。阴阳神变皆可测，不测人间笑是嗔。

【注释】

1　丹诚：丹心，忠贞之心。

2　伪言巧似簧：本《诗经·小雅·巧言》："巧言如簧，颜之厚矣。"簧：管乐器上的音舌。

3　"劝君"二句：《战国策·楚策》四云："魏王遗楚王美人，楚王说之。夫人郑袖知王之说新人也，甚爱新人……因谓新人曰：'王爱子美矣。虽说，恶子之鼻，子如见王，则必掩子鼻！'新人见王，因掩其鼻。王谓郑袖曰：'夫新人见寡人则掩其鼻何也？'郑袖曰：'妾知也。'王曰：'虽恶，必言之！'郑袖曰：'其似恶闻王之臭也。'王曰：'悍哉，令劓之，无使逆命。'"参商，二星名，一东一西，不能相见。比喻夫妇分离。

4　"劝君掇蜂"二句：蔡邕《琴操》："（尹）吉甫，周上卿也。有子伯奇。伯奇母死，吉甫更娶后妻，生子曰伯邦。乃谮伯奇于吉甫曰：'伯奇见妾有美色，然有欲心。'吉甫曰：'伯奇为人慈仁，岂有此也？'妻曰：'试置妾空房中，君登楼而察之！'后妻知伯奇仁孝，乃取毒蜂缀衣领，伯奇前持之，于是吉甫大怒，放伯奇于野。"掇

（duō多）：原义是拾取，此处同"捉"。

5　咫尺：咫，八寸。咫尺即近在眼前。

6　李义府：唐高宗时丞相，为人笑中藏刀。《旧唐书》有传。

【解读】

　　天本不可度，地本不可量，但诗人开首言之凿凿地说"天可度，地可量"，继而说"唯有人心不可防"，原来是较之于人心而言。这个"人"不是指所有的人，而是指"诈人"，所以作者自序本诗意在"恶诈人也"。诈人的特点可以用"但见丹诚赤如血，谁知伪言巧似簧"二句来概括。表面的微笑、赤诚与背后的陷害同时并存，口蜜腹剑，笑中藏刀。接下来诗人用了郑袖挑拨楚王夫妇、吉甫后妻挑拨吉甫父子的典故，说明天下至亲的关系——夫妻父子之间也会因诈人的挑拨而反目。"海底"四句，似与首三句句意重复，诗人意在加强、强调人心的难料。由此也可以看出诗人对诈人的感慨非常深刻。再用李义府的典故，说明在官场上、在生活中存在李义府一类诈人，是很难提防的。本诗写出了诗人在生活中特别是在官场生活中的重要感受。

秦吉了[1]——哀冤民也

　　秦吉了，出南中，彩毛青黑花颈红。耳

聪心慧舌端巧，鸟语人言无不通。昨日长爪鸢[2]，今朝大嘴乌[3]。鸢捎乳燕一窠覆[4]，乌啄母鸡双眼枯。鸡号堕地燕惊去，然后拾卵攫其雏[5]。岂无雕与鹗[6]，嗉中肉饱不肯搏[7]。亦有鸾鹤群[8]，闲立高颰如不闻。秦吉了，人云尔是能言鸟，岂不见鸡燕之冤苦。吾闻凤凰百鸟主，尔竟不为凤凰之前致一言，安用噪噪闲言语[9]。

【注释】

1　秦吉了：鸟名。活动于两广地区。

2　鸢（yuān 怨）：即老鹰。身体褐色，常捕食蛇、鼠等。

3　大嘴乌：乌鸦的一种。

4　捎：扑打。

5　攫（jué 绝）：抓取。

6　雕：一种很凶猛的鸟，能捕食山羊、野兔等。鹗（è 饿）：鸟名，又名鱼鹰，性凶猛，捕食鱼类。

7　嗉：鸟类储存食物的器官。

8　鸾：旧时传说凤凰一类的鸟。

9　噪噪：形容声音杂乱。

【解读】

　　本诗写动物世界里的事情，实际是一首寓言诗，反映的是人世的情状。燕子与鸡比拟社会最下层的平民百姓，长爪鸢和大嘴乌代表欺压百姓的贪官污吏，雕与鹗是可以监察惩治贪官污吏的上层官员，鸾鹤象征地位很高、位居清流的官员，秦吉了自然是御史、拾遗之类谏官，凤凰是百鸟之王，自然是皇帝了。全诗通过燕子与鸡的不幸反映了下层民众饱受欺凌，有冤无处诉，有苦无处告的现状，包括皇帝在内的层层统治者并不把民众的生死放在眼里。生动贴切，嬉笑怒骂。

采诗官[1]——监前王乱亡之由也

　　采诗官，采诗听歌导人言[2]。言者无罪闻者诫，下流上通上下泰。周灭秦兴至隋氏，十代采诗官不置。郊庙登歌赞君美[3]，乐府艳词悦君意。若求兴谕规刺言[4]，万句千章无一字。不是章句无规刺，渐及朝廷绝讽议。诤臣杜口为冗员[5]，谏鼓高悬作虚器。一人负扆常端默[6]，百辟入门两自媚[7]。夕郎所贺皆德音[8]，春官每奏唯祥瑞[9]。君之堂兮千里远，君之门兮九重閟[10]。君耳唯闻堂上言，君眼不见门前事。贪吏害民无所忌，奸臣蔽君无所畏。君不见厉王胡亥之末年[11]，群臣有利君无利。君兮君兮愿听此，欲开壅蔽达人情[12]，先向歌诗求讽刺。

【注释】

1 采诗官：朝廷派去采集民间歌谣的官员。

2 导：启发，开导。

3 登歌：演奏唱歌。

4 兴谕规刺：用比兴来晓谕，用规劝来讽谏。

5 诤臣：指职掌谏议的官吏。杜口：闭口。冗员：多馀的闲官。

6 一人：指帝王。负扆（yǐ以）：背向屏风。

7 百辟：百官。

8 夕郎：唐代官职名，又称给事中。

9 春官：礼部的官员。

10 闷（bì必）：闭门。

11 厉王：周厉王，西周末年的暴君。胡亥：秦二世。

12 壅蔽：蒙蔽，隔绝。人情：民情。

【解读】

《唐宋诗醇》曰："末章总结。'言者无罪闻者诫'一语，申明作诗之旨，隐然自附于《三百篇》之义也。诸篇全仿杜甫《新安》、《石壕》、《垂老》、《无家》等作，讽刺时事婉而多风，其不及杜者，只笔力之纵横，格调之变化耳。"陈寅恪《元白诗笺证稿》曰："乐天《新乐府》五十篇，每篇皆以卒章显其志。此篇乃全部五十篇之殿，亦所以标明其作五十篇之旨趣理想者也。……自述其作乐府之本志，则曰'惟歌生民病，愿得天子知'。此即其'采诗'、'讽刺'之旨意也。新乐府以此篇为结后之作，正如常山之蛇尾，与首篇有互相救护之用。其组织严密，非后世模仿者，所能企及也。"

　　从诗序看，本诗意在"监前王乱亡之由也"。也就是说诗人认为政治的兴亡与采诗相关。采诗的制度相传在周代就有。《汉书·礼乐志》曰："古有采诗之官，王者所以观风俗，知得失，自考正也。"《汉书·食货志》曰："孟春三月，群居者将散，行人振木铎徇于路以采诗，献之太师，比其音律，以闻于天子。"何休《春秋公羊传·宣公十五年解诂》曰："男年六十、女年五十无子者，官衣食之，使之民间求诗。今移于邑，邑移于国，国以闻于天子。故王者不出牖户，尽知天下所苦，不下堂而知四方。"其实，这只是儒士们的推测。乐天希望唐帝国能够恢复采诗官制度。他在《策林·采诗》中说："选观风之使，建采诗之官。""日采于下，岁献于上。""然后君臣亲览而斟酌焉，政之废者修之，阙者补之；人之忧者乐之，劳者逸之。"这首诗就是诗人《策林·采诗》主张的诗化。诗人从正反两方面劝喻统治者,如果采诗就会"下流上通上下泰",如果不采诗,就"贪吏害民无所忌,奸臣蔽君无所畏",最后会导致国家的灭亡。

  白居易对诗歌功能的认识与汉儒接近,汉儒主张诗歌应具有美刺作用,但从诗史上看,秦汉以来的诗歌中,"郊庙登歌赞君美,乐府艳词悦君意。若求兴谕规刺言,万句千章无一字。"这一批评无疑是正确的。有鉴于此,白居易继承《诗经》和杜甫等人的现实主义诗风,与元稹、张籍等人掀起新乐府诗潮,让诗歌担负起了"惟歌生民病"的重任。

宿紫阁山北村[1]

晨游紫阁峰，暮宿山下村。

村老见余喜，为余开一尊[2]。

举杯未及饮，暴卒来入门。

紫衣挟刀斧[3]，草草十馀人[4]。

夺我席上酒，掣我盘中飧[5]。

主人退后立，敛手反如宾。

中庭有奇树，种来三十春。

主人惜不得，持斧断其根。

口称采造家[6]，身属神策军[7]。

主人慎勿语，中尉正承恩[8]。

【注释】

1 紫阁山：在今陕西西安南，终南山山峰之一。

2 尊：同"樽"，酒器。

3 紫衣：唐制三品以上官穿细紫服，低级官吏穿粗紫服。此代指神策军士兵。

4 草草：乱纷纷的样子。

5 掣（chè 撤）：抽去。飧（sūn 孙）：熟食，此指饭菜。

6 采造家：采伐木材为官府建造房屋的人。

7　神策军：皇家禁卫军之一。

8　中尉：神策军中尉，由宦官担任。

【解读】

　　只是读题目和开头的四句，我们以为这会是一篇游记之作。诗人从清晨就出发去游历终南山，夜幕降临了就住宿于村中人家。王维《终南山》结尾就说："欲投人处宿，隔水问樵夫。"终南山靠近长安，是文人学士们喜欢登临的山峰。"村老见余喜，为余开一尊"，写出了民风的淳朴，诗人与农民之间的平等友善。"举杯"以下，由晴转阴，风云突变，写一群神策军闯入民宅，如同土匪一般暴戾，夺去美酒，砍去主人家的奇树。最后两句是诗人对主人的劝告。主人不语，尚且遭受如此待遇，倘若主人不慎而语，必将受到更大的伤害。中尉正受皇帝宠信，气焰熏天。在这里，诗人不仅直接写出了中尉的骄横，也写出了皇帝用人不当的过失。诗人采用白描的手法，把事件清楚地记录了下来，让我们看到了中尉及其爪牙对下层民众的迫害。当时诗人任拾遗，那些神策军看来也不把这个拾遗放在眼里，可见他们是多么的嚣张。乐天不畏强权，敢于暴露中尉之流的罪恶，其精神难能可贵！

秦中吟十首（选八）

议　婚

天下无正声[1]，悦耳即为娱。
人间无正色[2]，悦目即为姝[3]。
颜色非相远，贫富则有殊。
贫为时所弃，富为时所趋。
红楼富家女，金缕绣罗襦[4]。
见人不敛手，娇痴二八初。
母兄未开口，已嫁不须臾[5]。
绿窗贫家女[6]，寂寞二十馀。
荆钗不直钱[7]，衣上无真珠。
几回人欲聘，临日又踟蹰[8]。
主人会良媒[9]，置酒满玉壶。
四座且勿饮，听我歌两途。
富家女易嫁，嫁早轻其夫。
贫家女难嫁，嫁晚孝于姑[10]。
闻君欲娶妇，娶妇意何如。

【注释】

1　正声：标准的声音。

2　正色：标准的美色。

3　姝（shū 书）：美丽。

4　金缕：金色丝线。罗襦（rú 如）：用丝织品做的短上衣。

5　不须臾：须臾，很快。不须臾，即连须臾也不用。

6　绿窗：与"红楼"相对，指贫穷人家。

7　荆钗：用荆木制作的钗子，指首饰很低劣。直：值。

8　踟蹰：犹豫不定。

9　会：遇见。

10　姑：婆婆。

【解读】

《秦中吟》共十首，诗人自序说："贞元、元和之际，予在长安，闻见之间，有足悲者。因直歌其事，命为《秦中吟》。"

《议婚》反映在当时社会中存在一种陋习：富家女易嫁，贫家女难嫁。一开始，诗人说"天下无正声，悦耳即为娱；人间无正色，悦目即为姝"。这里说正声、正色都不是天生的，是人们所共同认定的。处于不同阶层的女孩，颜色（美貌）并不悬殊，悬殊的是贫穷与富贵。"贫为时所弃，富为时所趋"是一种共同的社会心理。"红楼"

以下六句写富家女的易嫁,"绿窗"以下六句写贫家女的难嫁。"主人"以下十句写诗人对这一现象的态度。乐天为贫家女鸣不平,认为富家女娇生惯养,"嫁早轻其夫",贫家女知道生活的艰辛,"嫁晚孝于姑"。诗人的本意在于反对重财而轻人的风俗。诗中将富家女与贫家女进行了对比,画面鲜明生动。

重 赋[1]

厚地植桑麻[2],所要济生民[3]。
生民理布帛[4],所求活一身。
身外充征赋,上以奉君亲。
国家定两税[5],本意在爱人。
厥初防其淫[6],明敕内外臣。
税外加一物,皆以枉法论[7]。
奈何岁月久,贪吏得因循[8]。
浚我以求宠[9],敛索无冬春。
织绢未成匹,缲丝未盈斤。
里胥迫我纳[10],不许暂逡巡[11]。
岁暮天地闭,阴风生破村。
夜深烟火尽,霰雪白纷纷[12]。

幼者形不蔽，老者体无温。

悲喘与寒气，并入鼻中辛。

昨日输残税[13]，因窥官库门。

缯帛如山积[14]，丝絮如云屯。

号为羡馀物[15]，随月献至尊。

夺我身上暖，买尔眼前恩。

进入琼林库[16]，岁久化为尘。

【注释】

1 重赋：重税。

2 厚地：大地。

3 济：救助，养活。

4 理：治，制作。

5 两税：唐开元以前实行租庸调税法，德宗建中元年（780），合而为一，命令以钱纳税，分夏、秋两次征收，为"两税法"。

6 厥初：开始。淫：过度。

7 枉法：违法。

8 因循：沿袭，即沿袭租庸调税法，额外加收实物。

9 浚（jùn 俊）：煎，引申为榨取。

10 里胥：里正等。纳：交纳（税物）。

11 逡巡：迟缓。

12　霰（xiàn线）雪：小雪珠。

13　输：交纳。残税：尚未交纳的税。

14　缯帛：丝织品的总称。

15　羡馀物：盈馀。

16　琼林库：储藏贡物的仓库。琼林，汇集成林的珍宝。

【解读】

　　唐代社会的弊政之一就是重税，本诗意在揭露重税所造成的社会矛盾。全诗分两部分，第一部分写生民与征赋的关系，诗人说"身外充征赋，上以奉君亲"，在封建时代这是一种进步的政治主张。两税法本意在仁民爱物，不让官吏在两税之外加收一物。"奈何"以下写重税给人民造成的灾难。贪吏为了求得皇帝的宠爱，不分冬春加以敛索。"岁暮"八句描绘了冬季贫民图，阴风怒号，大雪纷飞，"幼者形不蔽，老者体无温"。广大民众生活在饥寒交迫之中。"昨日"以下十句，以一个纳税农夫的口吻，写他进入官库中看到的珍宝和丝织品堆积如山，岁久会化为尘土。"夺我身上暖，买尔眼前恩！"其中的"我"，当然是农夫，不是一个农夫，而是所有农夫的声音，诗人站在农夫的立场上向官吏们呵斥，为农夫们鸣不平。白居易《论王锷欲除官事宜状》里说："臣又闻王锷在镇日，不恤凋残，唯务差税。淮南百姓，日夜无憀。五年诛求，百计侵削。钱物既定，部领入朝，号为'羡馀'，亲自进奉。

凡有耳者，无不知之。今若授同平章事，臣恐四方闻之，皆谓陛下得王锷'进奉'而与宰相也。"据此可知，乐天这诗乃是"实录"。《唐宋诗醇》评曰："通达治体，故于时政源流行弊言之了然。其沉着处令读者酸鼻，杜甫《石壕吏》之嗣音也。"

伤　宅

谁家起甲第[1]，朱门大道边。
丰屋中栉比[2]，高墙外回环。
累累六七堂[3]，栋宇相连延。
一堂费百万，郁郁起青烟[4]。
洞房温且清，寒暑不能干[5]。
高堂虚且迥[6]，坐卧见南山[7]。
绕廊紫藤架，夹砌红药栏。
攀枝摘樱桃，带花移牡丹。
主人此中坐，十载为大官。
厨有臭败肉，库有贯朽钱[8]。
谁能将我语[9]，问尔骨肉间。
岂无穷贱者，忍不救饥寒？
如何奉一身，直欲保千年。

不见马家宅[10]，今作奉诚园[11]！

【注释】

1　甲第：古代帝王赐给臣子的住宅有甲乙等级之分，甲等是给封侯者住的。第，住宅。

2　栉比：像梳子一样排列。

3　累累：连贯成珠的样子。

4　郁郁：繁盛的样子。青烟：青云。

5　"洞房"二句：化用《管子·宙合》："辟之也犹夏之就清，冬之就温焉。"清，当作"凊"（qìng 庆）。洞房，幽深的住房。干，干扰，影响。

6　虚：宽敞。迥（jiǒng 窘）：起。

7　南山：终南山。

8　贯：串钱的绳子。

9　将：转告、传达。

10　马家宅：马燧家的宅院。

11　奉诚园：马燧子马畅将宅院献给唐德宗，被废为"奉诚园"。

【解读】

中唐时期，达官贵人们大兴土木，营造私宅。《旧唐书·马璘传》云："天宝中，贵戚勋家，已务奢靡；而垣屋犹存制度。……乃安史大乱之后，法度隳驰，内臣戎帅，竞务奢豪：亭馆第舍，力穷乃止，时谓'木妖'。

（马）璘之第，经始中堂，费钱二十万贯，他室降第无几。"这首诗就是针对这种社会现象而发的。

前十六句写一个显贵者的甲第。之后，诗人转向写人，此府的主人过着"厨有臭败肉，库有贯朽钱"的富贵日子，诗人忍不住要向他发问："岂无穷贱者，忍不救饥寒？"从此句可以看出乐天的仁者之心。最后一句"不见马家宅，今作奉诚园！"是对大宅主人的棒喝，宅子固然坚固，但主人却是会改变的。有时候大宅易主就在须臾之间。诗人对为富不仁、不体恤穷贱的高级官吏充满了愤慨。"言浅而深，意微而显，此风人之能事也"（叶燮《原诗》）。

伤 友

陋巷孤寒士，出门苦恓恓[1]。
虽云志气高，岂免颜色低。
平生同门友，通籍在金闺[2]。
曩者胶漆契，迩来云雨暌[3]。
正逢下朝归，轩骑五门西。
是时天久阴，三日雨凄凄。
蹇驴避路立，肥马当风嘶。
回头忘相识，占道上沙堤。
昔年洛阳社，贫贱相提携。
今日长安道，对面隔云泥。
近日多如此，非君独惨凄。
死生不变者，唯闻任与黎[4]。

【注释】

1 苦恓（xī 西）恓：苦恼的样子。

2 通籍：著名于公门之籍中，出入不禁。金闺：金马门，汉武帝时学士待诏的地方。

3 暌（kuí 葵）：同"睽"，隔离。

4　任与黎：诗人自注："任公叔、黎逢。"黎逢为大历十二年进士，与任公叔友谊深厚。

【解读】

同门友往日在一起学习，意气风发，壮志凌云，可是人生的道路有逆有顺，或青云直上，或蹉跎岁月，往日同学的情感或许就会淡化。早在东汉末年，《古诗十九首》中就有《明月皎夜光》一诗表现对昔日同门友的怨恨。其中云："昔我同门友，高举振六翮；不念携手好，弃我如遗迹。南箕北有斗，牵牛不负轭；良无盘石固，虚名复何益！"对富贵后不相援引自己的友人表现出极度的失望。乐天此诗同《明月皎夜光》题旨相同，而采用了典型的细节描写，从而更加可视可感。先写陋巷孤寒士的境遇，再写同门友的发迹显贵。然后让二人相逢在同门友下朝归家的路上。"是时天久阴"六句，后人多有评论，《唐诗别裁集》曰："一经点染，便觉不堪。"《唐宋诗醇》曰："摹写炎凉之况，真是不堪。"孤寒士回想当年情谊，愈发感慨今日云泥之隔。"近日多如此，非君独惨凄"是乐天插入的议论，此论"又拓开一层，寄慨益深"（《唐宋诗醇》）。最后说死生不变者，只有任公叔与黎逢而已。其实，白居易对友情就非常珍视，他与元稹、刘禹锡的交情也是文坛佳话。

不致仕

七十而致仕，礼法有明文[1]。
何乃贪荣者，斯言如不闻。
可怜八九十，齿堕双眸昏。
朝露贪名利，夕阳忧子孙。
挂冠顾翠緌[2]，悬车惜朱轮[3]。
金章腰不胜[4]，伛偻入君门[5]。
谁不爱富贵，谁不恋君恩。
年高须告老，名遂合退身[6]。
少时共嗤诮[7]，晚岁多因循。
贤哉汉二疏[8]，彼独是何人。
寂寞东门路[9]，无人继去尘。

【注释】

"七十"二句：《礼记·曲礼》云："大夫七十而致事。"

1 致仕：退休。

2 挂冠：表示辞官。顾：顾惜。緌（ruí 瑞阳平）：冠带的下垂部分。

3 悬车：吊起的车辆。表示辞官。

4 金章：贵重的官服标志。不胜：承受不了。

5 伛偻（yǔ lǚ 雨吕）：无法伸直腰部。

6 名遂合退身：《老子》第九章云："功成、名遂、名退，天之道。"

7 嗤诮（chī qiào 吃翘）：讥笑。

8 二疏：汉代疏广、疏受叔侄。二人一起告退。

9 东门路：长安东门外的道路。疏广叔侄从这里离开京城。

【解读】

年老而退休是一件理所当然的事，但一些人为了个人的利禄不肯退休，从而使封建政权中官僚阶层的年龄严重老化。《不致仕》就是针对这一现象而发的。诗中描绘了年老眼花的官员勉强自己上朝的丑态。以汉代疏广、疏受叔侄同时告退作为楷模，感叹没人能够像他们那样放弃荣华富贵。诗中写老态龙钟的官员之行动十分生动传神，对老年官员的劝告并非咄咄逼人，而是晓之以理，动之以情。

立 碑

勋德既下衰[1]，文章亦陵夷[2]。
但见山中石，立作路旁碑。

铭勋悉太公[3]，叙德皆仲尼[4]。
复以多为贵，千言直万赀[5]。
为文彼何人，想见下笔时。
但欲愚者悦，不思贤者嗤[6]。
岂独贤者嗤，仍传后代疑。
古石苍苔字，安知是愧词。
我闻望江县[7]，曲令抚茕嫠[8]。
在官有仁政，名不闻京师。
身殁欲归葬，百姓遮路歧。
攀辕不得归，留葬此江湄[9]。
至今道其名，男女涕皆垂。
无人立碑碣[10]，唯有邑人知。

【注释】

1 勋德：功勋与道德。下衰：下降。
2 陵夷：山陵夷为平地，此指今不如昔。
3 太公：吕尚，姜太公。
4 仲尼：孔子，名丘。
5 赀：资，钱财。此指报酬。
6 嗤：讥笑。

7　望江县：在今安徽。

8　曲令：曲信陵，望江县令。茕：单独者。嫠（lí离）：寡妇。

9　江湄：江边。

10　碑碣（jié杰）：方形的刻石为碑，圆形的刻石为碣。古代五品官以上立碑，七品官以上立碣。

【解读】

　　立碑中产生的谀墓之风已很久了。东汉时的蔡邕、中唐时的韩愈都是有名的谀墓者。《新唐书·刘叉传》云："（刘叉）因持（韩）愈金数斤去，曰：'此谀墓中人得耳，不若与刘君为寿。'"谀墓者或者受人钱财，或者碍于情面，对死者作了夸大的歌颂。白居易对这一社会现象提出了自己的看法。诗的前半部分批评谀墓之风。在谀墓之风盛行的时候，"铭勋悉太公，叙德皆仲尼"这样千篇一律的歌颂也就失掉了立碑的意义，没有人相信它的真实性。诗的后半部分集中笔墨写了一个人——望江县曲令，曲令实施仁政，抚恤弱者，京城里没人知道他的声名，但他活在望江县人民的心中。每当说起他来，那里的人民都会流下热泪。作者意在说明真正的功德不需要树碑立传；那些树碑立传的人并不一定有什么功德。

轻　肥[1]

意气骄满路[2],鞍马光照尘。
借问何为者?人称是内臣[3]。
朱绂皆大夫[4],紫绶或将军[5]。
夸赴军中宴,走马去如云。
尊罍溢九酝[6],水陆罗八珍[7]。
果擘洞庭橘[8],脍切天池鳞。
食饱心自若,酒酣气益振。
是岁江南旱,衢州人食人[9]。

【注释】

1　轻肥:轻裘肥马,指奢侈豪华的生活。《论语·雍也》:"乘肥马,衣轻裘。"

2　意气:神态。

3　内臣:内宫近臣,即宦官。

4　朱绂(fú 福):此指画有花纹的朱红色官服。绂,古代官员垂于膝前的大带。

5　紫绶:此指紫衣。绶,系印章的丝带。

6　尊罍(léi 雷):盛酒的器具。九酝:一种美酒。

7　罗：摆，排列。八珍：各种各样的珍美菜肴。

8　擘（bāi掰）：剖，分开。洞庭橘：产于太湖中洞庭山的橘子。

9　"是岁"二句：《资治通鉴》卷二百三十七载：元和三、四年，江南大旱。衢（qú渠）州，在今浙江衢县一带。

【解读】

　　《才调集》中本诗题为《江南旱》。中唐以后，宦官把持朝政，对社会构成极大危害。他们穷奢极欲、生活糜烂。在封建时代，正直的儒家士人与代表浊流恶势力的宦官之间时常会发生冲突。白居易此诗代表了儒家士大夫的共同心声。在诗的结尾，作者喊出了"是岁江南旱，衢州人食人"这样的句子。一般而言，诗歌是讲究和缓优柔的，但在特定的时刻，诗歌也需要率直迫切。诗人在这里所传达的情感，是与杜甫忧黎民具有同样的情感，是符合原始儒学真精神的情感。《唐宋诗醇》云："结句斗绝，有一落千丈之势。"

歌　舞

秦中岁云暮，大雪满皇州[1]。

雪中退朝者，朱紫尽公侯[2]。

贵有风雪兴，富无饥寒忧。

所营唯第宅，所务在追游。

朱门车马客，红烛歌舞楼。

欢酣促密坐，醉暖脱重裘。

秋官为主人[3]，廷尉居上头[4]。

日中为一乐，夜半不能休。

岂知阌乡狱[5]，中有冻死囚。

【注释】

1 皇州：长安城。

2 朱紫：朝廷达官贵人们的衣服颜色。

3 秋官：掌刑狱的官员。

4 廷尉：掌刑辟的官员。

5 阌（wén 闻）乡：在今河南灵宝西北部。

【解读】

白居易《奏阌乡县禁囚状》云："县狱中有囚十数人，并积年禁系，其妻儿皆乞于道路，以供狱粮。其中有身禁多年，妻已改嫁者；身死狱中，取其男收禁者。云是度支转运下囚禁在县狱，欠负官物，无可填赔，一禁其身，虽死不放。……自古罪人，未闻此苦。行路见者，皆为痛伤。"这就是诗尾"岂知阌乡狱，中有冻死囚"的背景。

秋官和廷尉指主管法律的官僚。作为法律方面的官员,他们理应关注社会的稳定和法律的实施,然而令人遗憾的是,他们"所营唯第宅,所务在追游",他们过着花天酒地、红烛歌舞的日子,"冻死囚"不在他们的视线之内。同样作为一个封建时代的官员,白居易不仅关注到了,而且递上了《奏阌乡县禁囚状》,写出了《歌舞》一诗,诗人感时伤乱、忧国忧民的精神值得我们敬佩。

哭孔戡[1]

洛阳谁不死，戡死闻长安。
我是知戡者，闻之涕泫然[2]。
戡佐山东军，非义不可干[3]。
拂衣向西来，其道直如弦[4]。
从事得如此[5]，人人以为难。
人言明明代[6]，合置在朝端。
或望居谏司[7]，有事戡必言。
或望居宪府[8]，有邪戡必弹。
惜哉两不谐，没齿为闲官。
竟不得一日，謇謇立君前[9]。
形骸随众人，敛葬北邙山[10]。
平生刚肠内，直气归其间。
贤者为生民，生死悬在天。
谓天不爱人，胡为生其贤。
谓天果爱民，胡为夺其年。
茫茫元化中[11]，谁执如此权。

【注释】

1 孔戡（kān堪）：字君胜，冀州人。泽潞节度使卢从史的掌书记，遭卢从史诬陷入狱，元和五年去世。《旧唐书》卷一五四,《新唐书》卷一六三有传。

2　泫（xuàn 渲）然：流泪的样子。

3　干：侵犯。

4　直如弦：汉代童谣云："直如弦,死道边。"

5　从事：官名,州郡长官的僚属,此指书记。

6　明明代：圣明朝代。

7　谏司：谏议官。

8　宪府：弹劾的机关。唐设御史台,掌弹劾。

9　謇（jiǎn 剪）謇：正直敢言的样子。

10　北邙山：洛阳墓地。

11　元化：宇宙。

【解读】

诗首先写自己在长安听见了孔戡的死讯,为之流涕。继而回顾孔戡生前的行为,突出强调了他担任昭仪节度使卢从史的书记时,"非义不可干","其道直如弦"。又通过众人议论来从侧面描写孔戡因刚直不阿而久负盛名,深深为他惋惜"没齿为闲官"。最后诗人问天,表现出对孔戡不幸遭遇的同情,同时也传达出了诗人自己内心的迷惘。虽然名为问天,其实也暗含了对"天子"的责问。"茫茫元化中"不知道是谁操有生死的权柄,但在封建国家内,皇帝说了算。贤如孔戡者,声名远播,却不能"謇謇立君前",其原因自然在皇帝身上,帝王所喜爱的往往只是阿谀奉迎者。本诗通过孔戡的遭遇对封建帝王的用人标准提出了质疑。乐天自己也和孔戡一样，忧国忧民，刚正不阿，对孔戡的遭遇可以说是同病相怜。

酬元九对新栽竹有怀见寄[1]

昔我十年前[2]，与君始相识。

曾将秋竹竿，比君孤且直。

中心一以合，外事纷无极。

共保秋竹心，风霜侵不得。

始嫌梧桐树，秋至先改色。

不爱杨柳枝，春来软无力。

怜君别我后，见竹长相忆。

长欲在眼前，故栽庭户侧。

分首今何处[3]，君南我在北。

吟我赠君诗，对之心恻恻[4]。

【注释】

1 元九：元稹。

2 十年前：指贞元十六年（800）。这一年白居易与元稹一同登科。

3 分首：别离。此时元稹贬于江陵，为士曹参军，白居易在长安。

4 恻恻：悲痛的样子。

【解读】

　　本诗作于元和五年（810），题下自注云："顷有赠元九诗云：'有节秋竹竿。'故元感之，因重见寄。"本年秋天，元稹写有《种竹》一诗，序中说："昔乐天赠予诗：'无波古井水，有节秋竹竿。'予秋至种竹厅下，因而有怀，聊书十韵。"白居易以此诗酬答元稹。诗中回顾了十年来与微之的交往，表白了诗人对微之的思念之情。二人保持坚贞清白的气节，不与"秋至先改色"和"春来软无力"的梧桐与杨柳为伍。

鹦 鹉

竟日语还默[1]，中宵栖复惊[2]。

身囚缘彩翠，心苦为分明。

暮起归巢思，春多忆侣声。

谁能拆笼破，从放快飞鸣。

【注释】

1 竟日：成天，整天。

2 中宵：半夜。

【解读】

这是一首咏物诗，所咏的鹦鹉因为彩翠而被囚禁，因为是非分明而心中忧苦，过着担惊受怕、思念故园、孤独寂寞的生活。结尾两句渴望离开囚笼，重返蓝天，获取生命的自由。很显然，这个鹦鹉正是诗人的化身。

登乐游园望[1]

独上乐游园,四望天日曛[2]。
东北何霭霭[3],宫阙入烟云。
爱此高处立,忽如遗垢氛[4]。
耳目暂清旷,怀抱郁不伸。
下视十二街,绿树间红尘。
车马徒满眼,不见心所亲。
孔生死洛阳[5],元九谪荆门[6]。
可怜南北路,高盖者何人[7]。

【注释】

1 乐游园:又名乐游原、乐游苑,在长安东南。
2 曛(xūn 熏):日落时的馀光。
3 霭霭:云气浓密。
4 垢氛:尘垢浊气。
5 孔生:孔戡。
6 元九:元稹。荆门:属江陵府,在今湖北宜都。
7 盖:车盖,代指达官贵人。

【解读】

乐天《与元九书》中说:"闻仆《哭孔戡》诗众面脉

脉，尽不悦矣。闻《秦中吟》，则权豪贵近者相目而变色矣。闻《乐游园》寄足下诗，则执政者扼腕矣。闻《宿紫阁村》诗，则握军要者切齿矣。"这就是那首让执政者扼腕的作品，它何以会让执政者如此不满呢？

  本诗紧扣着一个"望"字。诗人独自登上乐游园，在黄昏时分举目远眺。诗人看见了宫阙、街道、车马，但诗人所看见的这些景物并没有给他带来愉悦，在他眼里这些东西如同"垢氛"一样。他把自己放置在那些达官贵人的对立面，在他自己的一边，有孔戡、元稹等正直之士，但孔戡已死，元稹已贬谪，"车马徒满眼，不见心所亲"。他对那些达官贵人采取了一种蔑视的态度，难怪执政者会对之扼腕。那些执政者平日里道貌岸然、目中无人，现在竟然被乐天视为无物，自然会恼羞成怒。

村　夜

霜草苍苍虫切切[1]，村南村北行人绝。
独出前门望野田，月明荞麦花如雪[2]。

【注释】

1　苍苍：苍白色。切切：形容虫鸣声。

2　荞麦：一年生草本植物，茎紫红色，叶子三角形，晚秋成熟，花白色或淡粉红色。

【解读】

本诗作于丁母忧，退至下邽，居渭村时。乡村的夜晚寂静无声，乐天独自徜徉于原野。首句以"虫切切"反衬出乡村的寂静。尾句写明月下的荞麦花，白如雪花，比喻贴切。《唐宋诗醇》云："一味真朴，不假装点，自具苍老之致，七绝中之近古者。"诗人所写的景色萧瑟、凄凉、清冷，与其凄苦寂寞的心境相互吻合。

折剑头

拾得折剑头，不知折之由。

一握青蛇尾[1]，数寸碧峰头[2]。

疑是斩鲸鲵[3]，不然刺蛟虬[4]。

缺落泥土中，委弃无人收。

我有鄙介性，好刚不好柔。

勿轻直折剑，犹胜曲全钩。

【注释】

1 一握：一把来长。青蛇尾：指所拾得的剑头。青蛇，喻剑的色泽。

2 碧峰头：剑头类似于碧色山峰。

3 鲸鲵（jīng ní 惊泥）：大鱼。雄曰鲸，雌曰鲵。此喻当时怀心不轨的藩镇。

4 蛟虬：蛟龙。此喻指大宦官等身居要职者。

【解读】

诗人偶然拾得一块折断的剑头，在把玩之中，浮想联翩。然后抒发自己要像宝剑那样宁折不弯。青年时代，白居易在政治斗争中一直保持了这种品格，任江州司马之后，他变得不再咄咄逼人了，但终其一生，他未与浊流势力同流合污。

秋游原上

七月行已半[1]，早凉天气清。
清晨起巾栉[2]，徐步出柴荆[3]。
露杖筇竹冷[4]，风襟越蕉轻[5]。
闲携弟侄辈，同上秋原行。
新枣未全赤，晚瓜有馀馨[6]。
依依田家叟[7]，设此相逢迎。
自我到此村，往来白发生。
村中相识久，老幼皆有情。
留连向暮归[8]，树树风蝉声。
是时新雨足，禾黍夹道青。
见此令人饱，何必待西成[9]。

【注释】

1 行：将。

2 巾栉（zhì 治）：洗脸梳头。

3 柴荆：柴门，简易的大门。

4 筇（qióng 穷）竹：竹的一种。此处指用一节筇竹作为手杖。

5 越蕉：蕉葛，细丝状植物，可做衣服。

6　馨：香气。

7　依依：热情的样子。

8　向暮：到了黄昏时分。

9　西成：秋天庄稼收获。古人以西方代表秋季。

【解读】

　　本诗也写作于渭村，写诗人与弟侄辈一同在原上游玩。首先交待了季节和天气，接着写离家上原。田家叟用新枣晚瓜招待诗人。诗人与村中老幼之间建立起了浓厚的情感。直到日暮时，诗人才恋恋不舍地离开了村民。"树树风蝉声"、"禾黍夹道青"等句写秋日原上风景历历在目，人的游览是舒缓的，诗的节奏也是缓慢的。平淡的心境，平淡的环境，平淡的语言。《唐宋诗醇》云："朴实说去，一片真趣流行，非徒拟王（维）、储（光羲）田家诗也。"

纳　粟[1]

有吏夜叩门，高声催纳粟。
家人不待晓，场上张灯烛[2]。
扬簸净如珠[3]，一车三十斛[4]。
犹忧纳不中，鞭责及僮仆。
昔余谬从事[5]，内愧才不足。
连授四命官[6]，坐尸十年禄[7]。
常闻古人语，损益周必复[8]。
今日谅甘心[9]，还他太仓谷[10]。

【注释】

1　纳粟：纳税。

2　张：点燃。

3　扬簸（bǒ跛）：两种清除粮食中杂质的动作。扬，扬场，用木锨将粮食扬起，让风吹去秕子。簸，用簸箕簸出秕糠。

4　斛（hú胡）：一斛为十斗。

5　谬：错误。从事：做官。

6　四命官：即校书郎、盩厔尉、左拾遗、京北户曹参军。

7　坐尸：占着位置不工作。

8　损益：减少与增加。周必复：周而复始。

9　谅：料想。

10　太仓：储粮的大仓库。

【解读】

在渭村，乐天亲自经历了小吏催纳粟的事情。前半部分是对外在事件的描述，后半部分是对内在心理的解析。小吏夜晚进村，高声的吆喝打破了村中的宁静。家人点起灯烛，连夜准备。虽然粮食净如珍珠，犹怕收粮者挑剔，写普通民众心理极为传神。"昔余"以下反身自问，认为自己"坐尸十年禄"，今日应该"还他太仓谷"。其实诗人在拾遗等任内，为民请命，做了许多好事，此处自评说"坐尸十年禄"是因为诗人对自己要求的标准很高。从"家人不待晓"和"还他太仓谷"两句来判断，本诗是写的乐天自己家中纳粮的事。正因为是自己家中的事，所以体会更为深切。白居易出身于一个小官僚的家庭，自己又身为朝廷官员，他的家庭也要遭受这种的待遇，普通农民的遭遇就可想而知了。

溪中早春

南山雪未尽[1],阴岭留残白。

西涧冰已消,春溜含新碧[2]。

东风来几日,蛰动萌草坼[3]。

潜知阳和功,一日不虚掷。

爱此天气暖,来拂溪边石。

一坐欲忘归,暮禽声啧啧[4]。

蓬蒿隔桑枣,隐映烟火夕。

归来问夜餐,家人烹荞麦[5]。

【注释】

1 南山:即终南山。

2 春溜:春天冰雪消融,在河中流动。

3 蛰:动物冬眠。坼:通"拆",草木发芽。

4 啧(zé泽)啧:小鸟的叫声。

5 荞:荞菜,二年生草本植物,花白色,茎叶嫩时可食。麦:小麦。

【解读】

本诗作于元和七年之春或八年之春,当时诗人丁母忧在渭村。首六句写冬去春来的情景,诗中有画。雪还没有融化，涧中有春水流淌。春风吹拂，春草萌芽。"潜知"句慨叹大自然的运行法则。"爱此"以下写自己春日出游、日暮而归。"一坐欲忘归"写出了大自然对诗人的吸引力。"归来"二句写日常生活，亲切淳朴。脱离了官场，回归大自然的怀抱，有时诗人可以享受到静谧而清闲的农村生活。

采地黄者[1]

麦死春不雨，禾损秋早霜。

岁晏无口食[2]，田中采地黄。

采之将何用，持以易糇粮[3]。

凌晨荷锄去，薄暮不盈筐[4]。

携来朱门家，卖与白面郎。

与君啖肥马[5]，可使照地光[6]。

愿易马残粟[7]，救此苦饥肠。

【注释】

1 地黄：多年生草本植物，可入药，有补血强心的作用。

2 岁晏：岁晚，年底。口食：粮食。

3 糇（hóu 侯）粮：干粮，泛指粮食。

4 薄：迫，近。盈：满。

5 啖（dàn 但）：吃，喂。

6 照地光：光亮映照在地上。这里形容马的毛色发亮。

7 马残粟：马吃剩下的粮食。

【解读】

　　在渭村时,诗人对贫苦的农民的生活有了更深入的了解。本诗写春天干旱、秋日早霜,使农民无法维生,只好去田间采地黄。"凌晨"两句写采地黄的艰难。"携来"以下写采地黄者携地黄去朱门大户,请求用地黄换取马吃剩的残粟。诗人没有发表议论,只是用平实的语言、平静的语气描述出残酷的现实:贫苦农民的生活竟然不如牛马。两个阶级的、两种截然不同的生活方式凸现在每一位读者面前,引人深思。

新制布裘[1]

桂布白似雪[2], 吴绵软于云[3]。
布重绵且厚, 为裘有馀温。
朝拥坐至暮, 夜覆眠达晨。
谁知严冬月, 支体暖如春[4]。
中夕忽有念[5], 抚裘起逡巡。
丈夫贵兼济, 岂独善一身[6]。
安得万里裘, 盖裹周四垠[7]。
稳暖皆如我[8], 天下无寒人。

【注释】

1 布裘：布袍子。

2 桂布：产于桂地的布，桂布产于今广西壮族地区。

3 吴绵：产于吴地的绵，吴绵产于今江苏一带。

4 支体：肢体。

5 中夕：半夜。

6 "丈夫"二句：化用《孟子·尽心上》："穷则独善其身，达则兼济天下。"

7 周：全，遍。四垠（yín 银）：四边，指天下。

8 稳：舒服、舒适。

【解读】

诗人在渭村时的生活并不富裕，偶然缝制了一件布裘，内心欣喜非常，浮想联翩。"桂布"四句写布裘的质量上乘。"朝拥"四句写诗人白天穿着布裘、晚上盖着布裘（可见诗人生活之艰难），在寒冬中温暖如春。"中夕"以下是诗人的联想。"安得"这四句与杜甫《茅屋为秋风所破歌》相近。或谓子美诗意宁苦身以利人，乐天诗意推身利以利人，二者较之，少陵为难。甚至有人认为杜甫是仁者心的自然流露，白居易是为了一种理念而如此"作"诗。其实，我们不必扬杜抑白，白居易的思想境界其实同样很难达到。二者皆为仁者之言。

初与元九别后忽梦见之。及寤而书适至,兼寄《桐花诗》。怅然感怀,因以此寄元九初谪江陵[1]

永寿寺中语[2],新昌坊北分[3]。
归来数行泪,悲事不悲君。
悠悠蓝田路[4],自去无消息。
计君食宿程,已过商山北[5]。
昨夜云四散,千里同月色。
晓来梦见君,应是君相忆。
梦中握君手,问君意何如。
君言苦相忆,无人可寄书。
觉来未及说,叩门声冬冬。
言是商州使,送君书一封。
枕上忽惊起,颠倒著衣裳。
开缄见手札[6],一纸十三行。
上论迁谪心,下说离别肠。
心肠都未尽,不暇叙炎凉。
云作此书夜,夜宿商州东。
独对孤灯坐,阳城山馆中[7]。

夜深作书毕，山月向西斜。

月下何所有，一树紫桐花。

桐花半落时，复道正相思。

殷勤书背后，兼寄桐花诗。

桐花诗八韵，思绪一何深。

以我今朝意，忆君此夜心。

一章三遍读，一句十回吟。

珍重八十字，字字化为金。

【注释】

1　寤：醒来。书：信件。

2　永寿寺：在长安城内。元稹曾住此寺附近。

3　新昌坊：在长安城内。白居易曾住此地。分：分别。

4　蓝田：在今陕西，在长安东南。

5　商山：在今陕西商洛，在蓝田的东南。

6　开缄：开封。手札：亲手写的书信。

7　阳城：驿站名，在陕西商县东。山馆：旅馆。

【解读】

本诗写于元和五年（810），此时白居易任京兆府户曹参军，元稹被贬为江陵府士曹参军。诗从回忆两人分手写起，继而写因思念而梦见元稹。诗人用大量篇幅写梦后收到元稹的诗篇和书信。诗中通过细节描写来表达自己与微之之间的深情。"计君食宿程，已过商山北"；"枕上忽惊起，颠倒著衣裳"，这样一种思念情同手足、感人肺腑。

山鹧鸪[1]

山鹧鸪，朝朝暮暮啼复啼，啼时露白风凄凄。黄茅冈头秋日晚[2]，苦竹岭下寒月低[3]。畲田有粟何不啄[4]？石楠有枝何不栖[5]？迢迢不缓复不急，楼上舟中声暗入。梦乡迁客展转卧[6]，抱儿寡妇彷徨立。山鹧鸪，尔本此乡鸟，生不辞巢不别群，何苦声声啼到晓！啼到晓，唯能愁北人，南人惯闻如不闻。

【注释】

1 鹧鸪（zhè gū 这姑）：一种形似母鸡，背毛有紫红浪纹的鸟，俗谓其叫声如"行不得也哥哥"。

2 黄茅冈：地名。一说在江西万载县。

3 苦竹岭：地名。一说在湖北平江县。

4 畲（shē 奢）田：刀耕火种之地。

5 石楠：又名石南，一种常绿灌木。

6 迁客：被贬谪的官员。

【解读】

本诗作于元和五年（810），白居易被贬江州。鹧鸪是南方常见的鸟，它凄苦的啼叫声南方人习以为常，充耳不闻。但对于北方人来说就会引起愁绪。对于一个仕途失意的北方人而言，鹧鸪鸟的叫声就更为愁苦了。山鹧鸪"生不辞巢不别群"，与它相比，迁客才是真正的愁苦者。

村居苦寒[1]

八年十二月[2]，五日雪纷纷。

竹柏皆冻死，况彼无衣民。

回观村闾间[3]，十室八九贫。

北风利如剑，布絮不蔽身。

唯烧蒿棘火[4]，愁坐夜待晨。

乃知大寒岁，农者尤苦辛。

顾我当此日，草堂深掩门。

褐裘覆絁被[5]，坐卧有馀温。

幸免饥冻苦，又无垄亩勤[6]。

念彼深可愧，自问是何人。

【注释】

1　苦寒：苦于寒，极其严寒。

2　八年十二月：即元和八年（813）十二月。

3　村闾（lǘ 驴）：村庄。古代二十五家为一闾。

4　蒿棘：蒿草，荆棘。

5　絁（shī 湿）：粗丝织品。

6　垄亩勤：田间劳作勤，辛苦，劳累。

【解读】

《野客丛谈》曰:"乐天诗有记年月日者,于以见当时之气令,亦足以裨史之阙。……又诗曰:'八年十二月'云云又见元和八年十二月大雪寒冻,民不聊生如此。"元和八年,关中大雪,竟然冻死了竹子和柏树,可见严寒之剧烈。在这种天气下,诗人关注到了"无衣民"的生活。在当时的农村,"十室八九贫",他们面对如剑一般的北风,只能靠烧蒿棘取暖,彻夜难卧。"乃知大寒岁,农者尤苦辛!"是诗人亲眼目睹了农民生活之后的体会。诗人面对贫苦农民,深深地感到了惭愧和自责。没有仁者之心,难以有这种情感产生。

读张籍古乐府[1]

张君何为者？业文三十春[2]。
尤工乐府诗，举代少其伦。
为诗意如何？六义互铺陈[3]；
风雅比兴外[4]，未尝著空文。
读君《学仙》诗，可讽放佚君[5]。
读君《董公》诗[6]，可诲贪暴臣。
读君《商女》诗[7]，可感悍妇仁[8]。
读君《勤齐》诗[9]，可劝薄夫敦[10]。
上可裨教化[11]，舒之济万民[12]。
下可理情性，卷之善一身[13]。
始从青衿岁[14]，迨此白发新[15]。
日夜秉笔吟，心苦力亦勤。
时无采诗官，委弃如泥尘[16]。
恐君百岁后，灭没人不闻。
愿藏中秘书[17]，百代不湮沦[18]。
愿播内乐府[19]，时得闻至尊。
言者志之苗[20]，行者文之根。

所以读君诗，亦知君为人。
如何欲五十，官小身贱贫。
病眼街西住[21]，无人行到门。

【注释】

1　张籍（768—830）：字文昌，贞元十五年（799）进士，曾任水部员外郎等职。中唐诗人，新乐府诗潮中的代表人物之一。古乐府：沿用乐府旧题所写作的乐府诗。

2　业文：从事诗文写作。

3　六义：又称六诗，即"风、雅、颂、赋、比、兴"。

4　风雅比兴：关注现实，讽谕政治的现实主义创作精神与法则。

5　放佚（yì义）君：迷信佛、道之教的国君。放佚，放恣淫佚。

6　董公：唐德宗时宰相董晋。贞元十二年（796），宣武军节度使李万荣死，部将谋反，董晋只身前往，化解了战祸。

7　商女诗：已佚。

8　悍妇：性情蛮横粗暴的女人。

9　勤齐诗：已佚。

10　薄夫：薄情寡义的男子。敦：敦厚老实。

11　裨（bì必）：辅助，补益。

12　舒：扩大，发扬光大。

13　卷：收缩。

14　青衿（jīn斤）岁：学子时代。

15　迨（dài代）此：到此，至此。

16　委弃：弃置。

17　中秘书：宫中藏书的秘阁。汉代以后，秘阁由秘书监事管。

18　湮沦：埋没散失。

19　内乐府：为皇帝演奏的乐府。

20　言者志之苗：白居易《与元九书》："诗者，根情，苗言，华声，实义。"

21　病眼：张籍曾患三年眼疾，几乎失明。

【解读】

　　张籍是元白诗派中的代表人物。乐天此诗既是对张籍其人其诗的介绍评价，也是用诗歌的形式阐述自己的诗歌创作思想。关于张籍，乐天首先介绍他"业文三十春"，他的乐府诗"举代少其伦"。他的诗歌继承了《诗经》以来关怀现实的精神，具有明显的教化作用。张籍作诗勤奋，读其诗可知其人。最后为张籍的不幸遭遇而感叹。张籍"官小身贫贱"，怀才而不遇。白居易的诗歌主张是在总结元稹、张籍等人诗歌创作的基础上产生的，这里所说的："风雅比兴外，未尝著空文"、"上可裨教化，舒之济万民。下可理情性，卷之善一身。"不仅是张籍的诗歌特征，也是新乐府作者们创作的共同特征和追求。这种主张和诗歌创作产生了一定的影响。《养一斋诗话》曰："香山《读张籍古乐府》云：'为诗意如何？六义互铺陈。……所以读君诗，亦知君为人。'数语可作诗圭臬。予欲取之以为历代诗人总序，合乎此则为诗；不合乎此，则虽思致精刻，词语隽妙，采色陆离，声调和美，均不足以为诗也。学者可以知所从事矣。"

妇人苦

蝉鬓加意梳[1],蛾眉用心扫。
几度晓妆成,君看不言好。
妾身重同穴[2],君意轻偕老。
惆怅去年来,心知未能道。
今朝一开口,语少意何深。
愿引他时事,移君此日心。
人言夫妇亲,义合如一身。
及至死生际,何曾苦乐均。
妇人一丧夫,终身守孤孑[3]。
有如林中竹,忽被风吹折。
一折不重生,枯死犹抱节。
男儿若丧妇,能不暂伤情。
应似门前柳,逢春易发荣。
风吹一枝折,还有一枝生。
为君委曲言[4],愿君再三听。
须知妇人苦,从此莫相轻。

【注释】

1 蝉鬓:古代妇女的一种发型。

2　穴：墓穴。
3　孤子：孤单。
4　委曲：婉转。

【解读】

　　本诗表现了白居易进步的妇女观，他站在妇女的立场上，对男权社会中的丈夫们要求："须知妇人苦，从此莫相轻。"这里有追求男女平等的渴求。诗中所写虽然是一位妻子对丈夫的告诫，但却具有一定的普遍性。诗写妻子为了取悦丈夫而用心打扮自己，但丈夫却熟视无睹。妻子追求生同室死同穴，丈夫却看轻白头偕老。诗人通过妇人丧夫和男儿丧妇之后的不同表现来说明男女对待配偶的态度，以妇人的"枯死犹抱节"来反衬男儿的"逢春易发荣"，最后向丈夫发出"须知妇人苦，从此莫相轻"的呼唤。作为一位封建士大夫，白居易能代表受压抑的妇女诉苦，是难能可贵的。诗用女性口吻写成，贴切自然。

欲与元八卜邻，先有是赠[1]

平生心迹最相亲[2]，欲隐墙东不为身[3]。
明月好同三径夜[4]，绿杨宜作两家春[5]。
每因暂出犹思伴[6]，岂得安居不择邻。
何独终身数相见[7]，子孙长作隔墙人。

【注释】

1　元八：元宗简，字居敬，河南人，举进士，曾任京兆少府。卜邻：选择邻居。

2　心迹：心理与行事。

3　墙东：代指隐居之地。后汉隐士王君公，人称为避世墙东王君公（见《后汉书·逸民传》）。不为身：不追求功名利禄。

4　三径：用蒋诩典。汉赵岐《三辅决录·逃名》载：汉代兖州刺史蒋诩，因王莽专权，辞官隐居，在竹林中开出三径，只与隐士求仲、羊仲两人来往。

5　绿杨：南朝陆慧晓与张融比邻而居，其间有池，池上有杨柳二株。见《南史·陆慧晓传》。

6　暂出：暂时出行。

7　何独：何止，岂止，不仅仅。

【解读】

　　元和十年（815）春，诗人和朋友元宗简都在朝廷任职，宗简在长安升平坊购置了一处宅院，乐天用此诗表达欲与他比邻而居的愿望。首联起句即云："平生心迹最相亲。""'最相亲'三字，是通首主脑，以下言卜邻之美，及所以卜邻之故，皆从此三字生出。"（《唐诗评注读书》）"欲隐墙东不为身"写出了二人共同的志趣。次联畅想两家结邻，在明月之夜，在绿杨之下，不仅两人情同手足，两家人也其乐融融。第三联强调择邻的重要性。尾联提出"子孙长作隔墙人"的设想，将全诗推向高潮，传达出对朋友殷切而纯真的情谊。《诗境浅说》云："此诗论句法则层层推进，论交情则愈转愈深，在七律中格甚少，词句亦流转而雅切也。"

登郢州白雪楼[1]

白雪楼中一望乡,青山簇簇水茫茫[2]。
朝来渡口逢京使[3],说道烟尘近洛阳[4]。

【注释】

1　郢州:治州,在今湖北钟祥。白雪楼:在汉江上。白雪,古代歌曲名《阳春白雪》。

2　簇簇:山峰众多的样子。

3　京使:京城来的使者。

4　烟尘:战争。诗人自注:"时淮西寇未平。"元和九年(814),彰义军(淮西)节度使吴少阳死,其子吴元济作乱。

【解读】

元和十年秋,白居易被贬江州途中,经过郢州,登上郢州白雪楼,作了此诗。诗人登上高楼,遥望故乡,但见重重关山,茫茫云水。诗人的心绪也茫然如同云水。后两句表现出诗人虽遭贬谪,但依然关心国事。

舟中读元九诗[1]

把君诗卷灯前读[2],诗尽灯残天未明。
眼痛灭灯犹暗坐,逆风吹浪打船声。

【注释】

1 唐宪宗元和十年(815)三月,元稹被贬为通州司马,八月白居易贬江州司马。

2 把:执,拿。

【解读】

无独有偶,差不多在同一时间,元稹写有《闻乐天授江州司马》:"残灯无焰影幢幢,此夕闻君谪九江。垂死病中惊坐起,暗风吹雨入寒窗。"全诗由"夕"、"病"、"惊"三点而连成一线,"惊"是全诗的核心。此时,元稹远谪通州,身染疟疾,大病数月,几乎丧命。在自己生命即将灯枯油灭的时刻,突然听到挚友被谪的恶讯,竟于垂死病中"惊"而"坐起",无限情和意尽在"惊坐"中。悲中见愤,悲中见情,曲折至深。二诗皆有"残灯"、"坐"、"风"等意象,一位在暗风吹雨的病榻上惊坐而起,一位在逆风吹浪的小舟中暗坐,双方的心中都在关注着对方的命运,惦记着对方的安危。元白之交堪为士林楷模。

山石榴寄元九[1]

九江三月杜鹃来，一声催得一枝开。
江城上佐闲无事，山下刬得厅前栽[2]。
烂熳一阑十八树，根株有数花无数。
千房万叶一时新，嫩紫殷红鲜麴尘[3]。
泪痕裛损燕支脸[4]，剪刀裁破红绡巾。
谪仙初堕愁在世，姹女新嫁娇泥春[5]。
日射血珠将滴地，风翻火焰欲烧人。
闲折两枝持在手，细看不似人间有。
花中此物似西施[6]，芙蓉芍药皆嫫母[7]。
奇芳绝艳别者谁，通州迁客元拾遗。
拾遗初贬江陵去，去时正值青春暮。
商山秦岭愁杀君，山石榴花红夹路。
题诗报我何所云，苦云色似石榴裙。
当时丛畔唯思我，今日阑前只忆君。
忆君不见坐销落，日西风起红纷纷。

【注释】

1　山石榴：石楠科小灌木，三四月间开花。诗人自注云："山石榴，一名山踯躅，一名杜鹃花，杜鹃啼时花扑扑。"

2 劚（zhú逐）：挖。

3 麴（qū屈）尘：淡黄色。酒曲所生的细菌似淡黄色尘土。

4 裛（yì义）：沾湿。燕支：即胭脂。

5 姹（chà诧）女：少女。泥：软缠，软求。

6 西施：春秋时越国美女。

7 嫫（mó魔）母：相使为黄帝妃子，容貌丑陋。

【解读】

本诗作于元和十一年春末，诗人任江州司马。元稹在通州任司马。元和五年元稹被贬为江陵士曹，在秦岭作有《紫踯躅》一首。白居易此诗亦歌咏山石榴而怀念元稹。全诗用大量篇幅写山石榴的烂熳可爱，想象丰富，比喻新奇。"奇芳绝艳别者谁"一句由写花转为写元稹。联想到元微之初贬江陵，在商山秦岭题诗给"我"，向我描绘"山石榴花红夹路"。诗以"忆君不见坐销落，日西风起红纷纷"结尾，将寂寞惆怅之情和盘托出。

蓝桥驿见元九诗[1]

蓝桥春雪君归日[2],秦岭秋风我去时[3]。
每到驿亭先下马,循墙绕柱觅君诗。

【注释】

1 蓝桥驿:在今陕西蓝田东南蓝桥镇。

2 君归日:元稹于元和十年(815)正月经过蓝桥驿回京城。

3 我去时:白居易元和十年八月被贬为江州司马。

【解读】

元和十年(815)正月,元稹奉召回长安,在蓝桥驿留下了诗句,现在已是秋天,白居易被贬,经过蓝桥驿,读到了元稹的诗句。首二句一归一去,寄喻着多少人生的体悟。元稹奉召回京时春风得意,可是三月就远谪通州。而现在秋风落叶之时,乐天自己又被贬江州。后两句写乐天每到驿亭之后的举止,"循"、"绕"、"觅"三个动词连用,表明诗人对朋友的同情、思念。友情在患难之时愈显珍贵。

浦中夜泊[1]

暗上江堤还独立,水风霜气夜棱棱[2]。
回看深浦停舟处,芦荻花中一点灯。

【注释】

1 浦:水边。
2 棱棱:严寒的样子。

【解读】

  在旅途上,诗人夜宿于水边舟中,登堤散步,写下了此诗。首句写人,次句写景。结尾两句写回头去看浦中小舟,"芦荻花中一点灯",萧瑟清冷。

读史五首（选二）

楚怀放灵均[1]，国政亦荒淫。

彷徨未忍决，绕泽行悲吟。

汉文疑贾生[2]，谪置湘之阴。

是时刑方措[3]，此去难为心。

士生一代间，谁不有浮沉。

良时真可惜，乱世何足钦。

乃知汨罗恨[4]，未抵长沙深[5]。

【注释】

1 灵均：屈原（约前340—约前278），名平，战国时代楚国人，伟大的爱国主义诗人。事见《史记·屈原列传》。

2 贾生：贾谊（前200—前168），西汉政治家、思想家、文学家。事见《史记·屈原贾生列传》。

3 刑方措：设置刑法而不用。

4 汨罗恨：指屈原自投汨罗江自杀。

5 长沙：指贾谊遭谗被贬为长沙王太傅。

【解读】

原题共五首，此为第一首。本诗为咏史之作。《史记》

有《屈原贾生列传》，本诗将屈原与贾谊之恨进行了对照。诗先写屈原绕泽悲吟，继写贾谊谪置长沙。诗人意识到生活中没有平坦的大道，"士生一代间，谁不有浮沉。"然而对于想建功立业的士人来说，能遇到良时而不能施展怀抱却是更遗憾的。据此，诗人说："乃知汨罗恨，未抵长沙深。"诗人在入仕之初，对皇帝充满了信心，以为自己得遇明君良时，可现实让诗人越来越失望，此诗虽然是写屈原贾生，其中也寄寓着自己对命运的感慨。

祸患如棼丝[1]，其来无端绪。
马迁下蚕室[2]，嵇康就囹圄[3]。
抱冤志气屈，忍耻形神沮。
当彼戮辱时，奋飞无翅羽。
商山有黄绮[4]，颍川有巢许[5]。
何不从之游，超然离网罟[6]。
山林少羁鞅[7]，世路多艰阻。
寄谢伐檀人[8]，慎勿嗟穷处。

【注释】

1 棼丝：乱丝。

2 马迁：司马迁，西汉时伟大的史学家。蚕室：受宫刑所居的监狱。

3 嵇康：字叔夜，三国魏谯人，著名诗人。囹圄（líng yǔ 零雨）：监牢。

4 黄绮：汉初，商山四皓东园公、甪里先生、绮里季、夏黄公隐于商山。此处"黄绮"人指商山四皓。

5 颍川：颍水，发源于河南，经安徽入淮河。巢许：巢父、许由，传说中上古唐尧时的隐士。

6 网罟（gǔ 古）：捕鱼捉鸟的网。

7 羁鞅：束缚。

8 伐檀人：《诗经》中有《魏风·伐檀》篇。此处用伐檀人代指隐士。

【解读】

此为第三首。本诗分为两部分，前八句是一部分，后八句是一部分。前一部分写祸患会突然降临，举司马迁与嵇康的不幸为例。后一部分写不如超然物外，隐居山林。出与处，仕与隐是中国古代知识分子灵魂深处的两个情结。诗人对世路艰阻的感慨，其实是折射出对现实斗争的厌倦。

夜 雪

已讶衾枕冷[1],复见窗户明。
夜深知雪重,时闻折竹声。

【注释】

1　讶(yà 亚):惊讶。衾(qīn 亲):被子。

【解读】

夜间下雪,人睡在室内,很难觉察。诗人的这首小诗写得很巧妙。先写诗人从午夜梦回,惊讶于被子枕头如此冰冷,又发现窗户显得明亮。虽然没有写到雪,但读者已经知道下雪了,而且下了很久。"夜深知雪重,时闻折竹声",通过声响来写大雪。题目是"夜雪",诗句紧扣题目,通过窗户之"明"、折竹之"声"来写雪。

放言五首（选二）[1]

朝真暮伪何人辨，古往今来底事无。
但爱臧生能诈圣[2]，可知甯子解佯愚[3]。
草萤有耀终非火，荷露虽团岂是珠。
不取燔柴兼照乘[4]，可怜光彩亦何殊。

【注释】

1　放言：畅所欲言。

2　臧生：战国时臧仓，鲁平公的嬖人，他编造流言阻止了鲁平公会见孟子。见《孟子·梁惠王下》。

3　甯（nìng佞）子：即甯武子，名俞，春秋时卫国大夫。《论语·公冶长》："子曰：'甯武子，邦有道则知，邦无道则愚。其知可及也，其愚不可及也。'"

4　燔柴：古代祭天时烧的柴火。照乘：一种珠子。《史记·田敬仲完世家》魏王问齐威王曰："若寡人之小国，尚有径寸之珠照车前后各十二乘者十枚。"

【解读】

原题共五首，此为第一首。本诗作于元和十年（815），作者在赴江州途中写下了《放言五首》。乐天在序中说："元九在江陵时，有《放言》长句诗五首，韵高而体律，意古而词新。予每咏之，甚觉有味。虽前辈深于诗者，未有此作。……予出佐浔阳，未届所任，舟中多暇，江上独吟，因缀五篇，以续其意耳。"这首诗写真与伪之间是很难辨别的，但真假毕竟不同。假的东西固然可以蒙蔽人的耳目一时，随着时光的推移，真与伪终究会被人们看清。

赠君一法决狐疑[1]，不用钻龟与祝蓍[2]。
试玉要烧三日满[3]，辨材须待七年期[4]。
周公恐惧流言后[5]，王莽谦恭未篡时[6]。
向使当初身便死，一生真伪复谁知。

【注释】

1 狐疑：犹豫不决。

2 钻龟：烤钻龟甲以判断吉凶。祝蓍（shī 师）：折其茎进行占卜。蓍，草名。

3 "试玉"句：作者自注："真玉烧三日不热。"

4 "辨材"句：作者自注："豫章木生七年而后知。"

5 "周公"句：周公姓姬名旦，武王之弟，成王之叔。武王死后，成王年幼，周公辅政。其弟管叔、蔡叔散布流言中伤周公。

6 "王莽"句：王莽西汉末年人，未篡位之前为收买人心，表现得谦虚恭顺，后独揽朝政，杀汉平帝，篡汉自立，建立"新"朝（8—23）。

【解读】

　　此为五首中的第三首。本诗意在说理，如何去辨别一个人。诗人认为只有时间才能考验出一个人的真伪。《唐诗快》曰："真正千古名言。佛说真经，不过如是。"诗人在叙说这样的道理时，先说赠君一法，却不直接说出。而说"不用钻龟和祝蓍"，那些俗人们常用的方法在作者看来并不可靠。继而用"试玉"、"辨材"的方法从正面说出自己的见解，又用了两个典故，从反面进行了补充。行文曲折，说理深刻。

放旅雁[1]

九江十年冬大雪，江水生冰树枝折。

百鸟无食东西飞，中有旅雁声最饥。

雪中啄草冰上宿，翅冷腾空飞动迟。

江童持网捕将去[2]，手携入市生卖之[3]。

我本北人今谴谪，人鸟虽殊同是客。

见此客鸟伤客人，赎汝放汝飞入云。

雁雁汝飞向何处，第一莫飞西北去。

淮西有贼讨未平[4]，百万甲兵久屯聚。

官军贼军相守老[5]，食尽兵穷将及汝。

健儿饥饿射汝吃，拔汝翅翎为箭羽[6]。

【注释】

1 旅雁：正在迁徙途中的大雁。

2 捕将去：捕捉住了。将，助词，加在动词后，无实际意义。

3 生：活。

4 淮西有贼：元和九年（814），淮西（彰义军）节度使吴少阳死，其子吴元济匿丧自立。元和十年正月，唐宪宗下诏削吴元济官爵，命宣武等十六道进讨。双方互有胜负，相持不下。后来裴度负责征讨，动员全国力量，三年后才平息了动乱。

5　老：双方相持过久。

6　箭羽：箭尾巴上的羽毛。

【解读】

　　诗作于元和十年冬。前半部分写九江地区在元和十年大雪纷飞，严寒异常。江童捕捉了旅雁，诗人赎回大雁放飞入云。诗人对被缚的大雁有一种由衷的同情，由大雁的饥寒困厄联系到自己的贬谪生涯。这种心情和这种描写都在读者意料之内。本诗奇异之处在于诗的后半部分，诗人指引放雁"第一莫向西北去"，通过对大雁的指引，交待时局的变化，表现了乐天对祸国殃民的叛乱者的仇恨，对战区人民苦难的同情。

晓　别

晓鼓声已半，离筵坐难久。
请君断肠歌，送我和泪酒。
月落欲明前，马嘶初别后。
浩浩暗尘中，何由见回首。

【解读】

　　相别的对象诗中没有明说，据我们的判断似乎是与诗人相爱的一位女子。柳永的《雨霖铃》写的暮别："寒蝉凄切，对长亭晚，骤雨初歇。都门帐饮无绪，留恋处，兰舟催发。执手相看泪眼，竟无语凝噎。望去去千里烟波，暮霭沉沉楚天阔。"而本诗所写的是晓别。一样的离筵，一样的泪水，一样的悬想，一样的心情。诗与词虽然是两种文体，但它们所表述的同样是人类的深挚情感。情人之间的离别不论采用了什么文体，不论发生在清晨还是黄昏，不论出现在什么年代，同样都真挚而感人。

城上对月，期友人不至

古人惜昼短，劝令秉烛游。
况此迢迢夜[1]，明月满西楼。
复有盈尊酒，置在城上头。
期君君不至，人月两悠悠。
照水烟波白，照人肌发秋。
清光正如此，不醉即须愁。

【注释】

1　迢迢：漫长的样子。

【解读】

前两句出自《古诗十九首》"昼短苦夜长，何不秉烛游"句，劝人珍惜时光，及时行乐。乐天之诗首先点明时间。继而说"况此迢迢夜，明月满西楼"。月与诗之间有不解之缘；面对皓月当空，诗人自然会思绪万千。不仅有月，而且有酒。不仅有酒，而且正在期望友人。明月、美酒、友人共同会构成一个良辰美景、赏心乐事。但现在友人久久不至，"期君君不至，人月两悠悠"。清光照着烟波，照着自己，心中有无限的忧愁，真想与友人大醉一场。本诗写月、月下之景、月下之人，空旷清灵。

微雨夜行

漠漠秋云起[1],稍稍夜寒生。
但觉衣裳湿,无点亦无声。

【注释】

1 漠漠:广大无际的样子。

【解读】

秋天的一个夜晚,诗人在雨中行走。先是看见乌云出现,继而感觉有点寒意。一写眼中景,一写身中感。后来就觉察到衣服已被雨水打湿,却没有雨点也没有雨声。后两句照应题目中的"微"字。这是生活中的一个细节,从诗人捕捉这个细节我们可以看出其观察之细致。

读李杜诗集,因题卷后

翰林江左日[1],员外剑南时[2]。
不得高官职,仍逢苦乱离。
暮年逋客恨[3],浮世谪仙悲。
吟咏留千古,声名动四夷[4]。
文场供秀句,乐府待新词。
天意君须会,人间要好诗。

【注释】

1 翰林:指李白。李白曾供奉翰林,贺知章称其为"谪仙"。

2 员外:指杜甫,曾任工部员外郎。

3 逋(bū晡)客:逃亡之人。此指杜甫。

4 四夷:古代统治者对四方少数民族的蔑称,即指东夷、西戎、南蛮、北狄。此处指中国周边国家。

【解读】

李白与杜甫是中国诗史上最伟大的诗人,他们是盛唐诗坛上的双子星座。乐天在读完他们的诗集后,题写了此诗。本诗写于江州司马任内。诗中感叹李白、杜甫"不得高官职,仍逢苦乱离",诗中充满了"恨""悲"之情。

不幸的遭遇并不能扼杀他们的天才,"吟咏留千古,声名动四夷",乐天对他们表现出极高的敬意。"天意君须会,人间要好诗"既是说李杜之诗是符合"天意"的好诗,同时也是对自我的要求与期许。

题元八溪居[1]

溪岚漠漠树重重，水槛山窗次第逢。
晚叶尚开红踯躅[2]，秋芳初结白芙蓉。
声来枕上千年鹤，影落杯中五老峰。
更愧殷勤留客意，鱼鲜饭细酒香浓。

【注释】

1 元八：元宗简，字居敬。一说应为元十八，指元集虚。

2 踯躅（zhí zhú 直逐）：花名，生淮南，有毒。

【解读】

作于元和十一二年在江州时。据顾学颉、周汝昌先生《白居易诗选》之按语"'元八'应作'元十八'，当时流传刊本脱误。'元十八'指元集虚，河南人，隐居庐山，是白居易在江州结识的朋友，后在桂管观察使裴行立幕府任职。'元八'是元宗简，当时在长安作官，未到庐山。"《唐宋诗醇》评曰："通首娟静，腹联对句更超妙。""溪岚"句写远景，"水槛"句写行进中所见之景。颔联写花，由花衬托主人的高雅。腹联写庐山隐士居所的幽雅。尾联写自己与隐士之间的情谊。

感情[1]

中庭晒服玩[2],忽见故乡履。

昔赠我者谁,东邻婵娟子[3]。

因思赠时语,特用结终始[4]。

永愿如履綦[5],双行复双止。

自吾谪江郡,漂荡三千里。

为感长情人,提携同到此。

今朝一惆怅,反覆看未已。

人只履犹双,何曾得相似。

可嗟复可惜,锦表绣为里[6]。

况经梅雨来,色黯花草死[7]。

【注释】

1 感情:感念昔日之情。

2 服玩:服装和小饰物等。

3 东邻:宋玉《登徒子好色赋》写"东家女子"为天下绝色女子,登墙窥望宋玉三年,宋玉一直未许,后用东邻女来指自动追求爱情的美女。婵娟:美好。

4 特用:专门用。

5 履綦(qí 其):鞋带。

6　锦：表面有彩色花纹的丝织品。绣：精美鲜艳的丝织品。

7　花草：指鞋上绣的花草。死：颜色变淡。

【解读】

　　本诗也写于江州时期，是一首爱情诗。诗中所怀念的对象应该是乐天早年的恋人湘灵。又经过了一个梅雨季节，诗人在庭院中晒衣服时，偶然看见了一双鞋。睹物思人，想到当年恋人赠鞋时的话语。诗人在贬谪江州时，自知要漂荡三千里，但还是随身携带着这双鞋子。"今朝一惆怅，反复看未已"两句通过时间的流逝写诗人对往日恋人的深情。诗中充满了惆怅和遗憾。"况经梅雨来，色黯花草死"既是写实，也寓有深意。因为某种客观的原因，诗人与恋人之间的爱情已经终结了，但诗人依然难以忘怀过去的一切。人生充满了太多的无奈，与自己相爱的人不得不分手，乃是无奈中的无奈。

题浔阳楼[1]

常爱陶彭泽[2],文思何高玄。

又怪韦江州[3],诗情亦清闲。

今朝登此楼,有以知其然。

大江寒见底,匡山青倚天[4]。

深夜湓浦月[5],平旦炉峰烟[6]。

清辉与灵气,日夕供文篇[7]。

我无二人才,孰为来其间。

因高偶成句[8],俯仰愧江山。

【注释】

1 浔阳:宋江州首府,在今江西九江。

2 陶彭泽:陶渊明(365—427),浔阳柴桑(今江西九江西南)人,曾任彭泽令,魏晋南北朝时期最优秀的诗人。

3 韦江州:唐代诗人韦应物(737—约789),曾任江州刺史。

4 匡山:庐山。

5 湓(pén 盆)浦:又名湓水、湓江,今名龙开河,流经九江,入长江。

6 炉峰:庐山上的一座山峰,香炉峰。李白《望庐山瀑布》："日照香炉生紫烟。"

7　日夕：白天和晚上，日日夜夜。

8　因高：因登上了高楼。

【解读】

诗作于江州司马任内。乐天非常推崇晋代诗人陶渊明和唐代诗人韦应物，恰好这两人都与浔阳相关，陶渊明就是浔阳人，韦应物曾任江州刺史。现在乐天自己也在江州任司马。首先，诗人表白自己"常爱陶彭泽"，一个"爱"字传达出乐天对陶渊明的敬慕。陶诗文思高妙，韦诗诗情清闲，其原因何在？接下来写原来是自然美景给诗人以创作上的灵感，"清辉与灵气，日夕供文篇"。最后四句是诗人的自谦，暗示自己要向陶韦一样创作出无愧于江山的诗篇。

大　水

浔阳郊郭间[1]，大水岁一至。
闾阎半漂荡[2]，城堞多倾坠[3]。
苍茫生海色，渺漫连空翠。
风卷白波翻，日煎红浪沸。
工商彻屋去[4]，牛马登山避。
况当率税时[5]，颇害农桑事。
独有佣舟子[6]，鼓枻生意气[7]。
不知万人灾，自觅锥刀利。
吾无奈尔何，尔非久得志。
九月霜降后，水涸为平地[8]。

【注释】

1　郊：城外。郭：外城。

2　闾阎：里巷的门，借指街坊里巷。

3　城堞（dié 碟）：城墙。堞，城上女墙。

4　彻屋：毁坏房屋。

5　率税：征税。

6　佣舟子：船夫。

7　鼓枻（yì 义）：奋力划桨。枻，船桨。

8　涸（hé河）：水干。

【解读】

诗作于元和十一年夏天，诗人在江州刺史任上。首两句写浔阳每年会发一次大水。"闾阎"以下十句写这年大水泛滥，房屋被毁，农田被淹，人民流离失所，给家国造成了巨大损失。"独有"以下四句写船夫为了个人微利，趁火打劫。"吾无"以下四句呵斥唯利是图大发黑心财的船夫。诗人对船夫的呵斥中也暗含着对朝廷奸邪小人的憎恶，正是那些为了个人私利而不顾国家利益的小人，陷害忠良。诗人深信会有"水涸为平地"的一天，自己的清白一定会得到证明。

赠内子[1]

白发长兴叹,青娥亦伴愁[2]。

寒衣补灯下,小女戏床头。

暗淡屏帏故[3],凄凉枕席秋。

贫中有等级,犹胜嫁黔娄[4]。

【注释】

1 内子：妻子。

2 青娥：妇女黛眉，此指妻子。

3 屏帏：屏风帏帐。故：陈旧。

4 黔（qián 前）娄：春秋时代齐人，有高才，齐鲁聘之为相，拒绝。死时衣不蔽体。

【解读】

这是诗人在江州时写给妻子的诗。"白发长兴叹"写自己，因人事的折磨，头发已白，唉声叹气。"青娥亦伴愁"写妻子，一个愁字写出了妻子的善良温婉。"寒衣"两句一写妻子，一写女儿，充满了温馨的家庭气氛。"暗淡"两句写家庭的清贫。结尾二句是诗人苦中作乐，宽慰自己也宽慰妻子。本诗朴实无华，用真情实境描写患难夫妻之间的恩爱。

琵琶行[1] 并序

元和十年，予左迁九江郡司马[2]。明年秋，送客湓浦口[3]，闻舟中夜弹琵琶者。听其音，铮铮然有京都声[4]。问其人，本长安倡女[5]，尝学琵琶于穆、曹二善才[6]，年长色衰，委身为贾人妇[7]。遂命酒，使快弹数曲。曲罢，悯默[8]。自叙少小时欢乐事，今漂沦憔悴，转徙于江湖间。予出官二年[9]，恬然自安[10]；感斯人言[11]，是夕始觉有迁谪意[12]。因为长句，歌以赠之，凡六百一十二言，命曰《琵琶行》。

浔阳江头夜送客[13]，枫叶荻花秋瑟瑟[14]。主人下马客在船，举酒欲饮无管弦[15]。醉不成欢惨将别，别时茫茫江浸月。忽闻水上琵琶声，主人忘归客不发。寻声暗问弹者谁？琵琶声停欲语迟。移船相近邀相见，添酒回灯重开宴[16]。千呼万唤始出来，犹抱琵琶半遮面。转轴拨弦三两声[17]，未成曲调先有情。弦弦掩抑声声思[18]，似诉平生不得志。低眉信手续续弹，说尽心中无限事。轻拢慢捻抹复挑[19]，初为《霓裳》后《六幺》[20]。大弦嘈嘈如急雨[21]，小弦切切如私语[22]；嘈嘈切切错杂弹，大珠小珠落玉盘。间关莺语花底滑[23]，幽咽泉流冰下难[24]；水泉冷涩弦凝绝[25]，凝绝不通声暂歇。别有幽情暗恨生，此时无声胜有声。银瓶乍破水浆迸，铁骑突出刀枪鸣。曲终收拨当心画，四弦一声如裂帛；东船西舫悄无言，唯见江心秋月白。沉吟放拨插弦中，整顿衣裳起敛容[26]。自言本是京城女，家在虾蟆陵下住[27]。十三学得琵琶成，名属教坊第一部[28]。曲罢曾教善才伏[29]，妆成每被秋娘妒[30]。五陵年少争缠头[31]，一曲红绡不知数[32]。钿头银篦击节碎[33]，血色罗裙翻酒污。今年欢笑复明年，秋月春风等闲度。弟走从军阿姨死[34]，暮去朝来颜色故。门前冷落鞍马稀，老大嫁作商人妇。商人重利轻别离，前月浮梁买茶去[35]。去来江口守空船，绕船月明江水寒；夜深忽梦少年事，梦啼妆泪红阑干。我闻琵琶已叹息，又闻此语重唧唧[36]。同是天涯沦落人，相逢何必曾相识！我从去年辞帝京，谪居卧病浔阳城。浔阳地僻无音乐，终岁不闻丝竹声。住近湓江地低湿[37]，黄芦苦竹绕宅生。其间旦暮闻何物？杜鹃啼血猿哀鸣。春江花朝秋月夜，往往取酒还独倾。岂无山歌与村笛，呕哑嘲哳难为听[38]。今夜闻君琵琶语，如听仙乐耳暂明。莫辞更坐弹一曲，为君翻作《琵琶行》[39]。感我此言良久立，却坐促弦弦转急。凄凄不似向前声[40]，满座重闻皆掩泣。座中泣下谁最多？江州司马青衫湿[41]。

【注释】

1　琵琶行：一本作《琵琶引》。"行"为古乐府的体裁之一。"引"为乐曲体裁之一。

2　左迁：贬官。九江郡：即江州。唐时又改称过浔阳郡，治所在今江西九江。司马：州刺史的副职，掌管军事。

3　湓浦口：湓水流入长江的地方。

4　京都声：长安一带的声响。

5　倡女：以歌舞娱人的女子。

6　善才：曲师。

7　委身：嫁。贾（gǔ古）人：商人。

8　悯默：伤感而沉默。

9　出官二年：白居易于元和十年到任，至此时两个年头。

10　恬然：平静。

11　斯人：此人，琵琶女。

12　迁谪：贬官。

13　浔（xún寻）阳江：在今江西九江北，为长江的一段。

14　瑟瑟：一作"索索"，形容枫树、芦荻被风吹动的声音。江总《贞女峡赋》："树索索而摇枝。"

15　管弦：管乐与弦乐，此指音乐。

16　回灯：添油拨芯。

17　转轴：定弦。

18　掩抑：形容弦声低徊。思：悲伤。

19　拢、捻、抹、挑：弹奏的几种指法。

20　《霓裳》：即《霓裳羽衣曲》。《六幺》：本名《录要》。

21　大弦：粗弦。

22　小弦：细弦。

23　间关：鸟鸣声。

24　冰下难：一作"水下滩"。幽咽之声。

25　水泉：一作"冰泉"。凝绝：凝止无声。

26　敛容：脸色严肃。

27　虾蟆陵：地名，在长安东南，又叫"下马陵"。

28　教坊：教练歌舞、掌管乐伎的处所。

29　伏：佩服。

30　秋娘：唐代歌女舞女的常用名。

31　五陵年少：富家子弟，缠头：观众以锦缠乐伎头，以示奖赏。

32　绡（xiāo 逍）：生丝制的纺织品。

33　钿（diàn 电）：一种嵌金花的首饰。

34　弟：教坊中的姊妹。唐代教坊中姐妹常"呼以女弟女兄"（唐孙棨《北里志》）从军：此指入军营为乐伎。阿姨：养母（鸨母）。

35　浮梁：今江西浮梁，在今江西景德镇市北。

36　唧唧：叹息声。

37　湓江：即湓水。

38　呕哑嘲哳（zhā 扎）：杂乱不堪的音乐声。

39　翻：按曲调写成歌辞。

40　向前：刚才。

41　青衫：五品以下的官员所穿的为青色衣服。

【解读】

元和十年（815），白居易被贬谪到了江州，次年秋天，他写作了著名的长篇叙事诗《琵琶行》。通篇采用纪实的手法，通过一位歌女的不幸遭遇，反映了社会的黑暗和命运的不公。凄婉动人，催人泪下。诗中将歌女早年得意的生活和老大之后凄凉的身世进行了对照，描摹了歌女出类拔萃的音乐造诣。"同是天涯沦落人，相逢何必曾相识"是全篇的关键。诗中塑造了两个人物形象，一位是"门前冷落鞍马稀，老大嫁作商人妇"的长安故伎，一位是"谪居卧病浔阳城"的封建官吏。"我"同情琵琶女，理解琵琶女，并主动把自己与处于社会下层的伎女相提并论，引以为知音，这在中国诗史上是不多见的。故沈德潜曰："写同病相怜之意，恻恻动人。"（《唐诗别裁集》）《唐宋诗醇》云："满腔迁谪之感，借商妇以发之，有同病相怜之意焉。比兴相纬，寄托遥深，其意微以显，其意哀以思，其辞丽以则。"全诗寄托遥深，婉曲周详，笔意鲜艳。诗中对音乐的摹写、对环境的渲染绘声绘色，出神入化。

访陶公旧宅[1]

垢尘不污玉，灵凤不啄膻[2]。
呜呼陶靖节[3]，生彼晋宋间。
心实有所守，口终不能言。
永唯孤竹子[4]，拂衣首阳山。
夷齐各一身，穷饿未为难。
先生有五男，与之同饥寒。
肠中食不充，身上衣不完。
连征竟不起[5]，斯可谓真贤。
我生君之后，相去五百年。
每读五柳传[6]，目想心拳拳[7]。
昔常咏遗风，著为十六篇[8]。
今来访故宅，森若君在前[9]。
不慕尊有酒，不慕琴无弦[10]。
慕君遗荣利，老死在丘园。
柴桑古村落，栗里旧山川。
不见篱下菊[11]，但馀墟里烟[12]。
子孙虽无闻，族氏犹未迁。
每逢姓陶人，使我心依然。

【注释】

1　陶公：陶渊明。

2　灵凤：精灵的凤凰。啄：吃。膻（shān 山）：膻腥气味。

3　靖节：宽乐合终为靖，好廉克己为节。靖节是朋友给陶渊明赠的谥号。

4　惟：思念，想。孤竹子：伯夷叔齐。

5　征：征召。不起：不应征。

6　五柳传：即陶潜所写的《五柳先生传》。

7　拳拳：怀念并带有钦佩的感情。

8　十六篇：指白居易自作《效陶潜体诗十六首》。

9　森：肃穆庄严。

10　琴无弦：《晋书·陶渊明传》："性不解音，而蓄琴一张，弦徽不具，每朋酒之会，则抚而和之。曰：'但识琴中趣，何劳弦上声。'"

11　篱下菊：陶渊明《饮酒》其五："采菊东篱下，悠然见南山。"

12　墟里烟：陶渊明《归园田居》其一："暧暧远人村，依依墟里烟。"

【解读】

本诗作于元和十一年（816），乐天序云："予夙慕陶渊明为人，往岁渭上闲居，尝有《效陶体诗》十六首。今游庐山，经柴桑，过栗里，思其人，访其宅，不能默默，又题此诗云。"全诗围绕陶公的高洁来写,充分表达了诗人对陶公的思慕之情。"垢尘"两句用"玉"和"凤"来比拟陶公,是对陶公人格的总评。之后,摄取了陶公在饥寒中"连征竟不起"来写其"真贤"。"慕君遗荣利,老死在丘园"。最后写诗人来到了陶渊明的故乡,所见所闻都让诗人倍感亲切。

赠江客

江柳影寒新雨地,塞鸿声急欲霜天。
愁君独向沙头宿[1],水绕芦花月满船。

【注释】

1　君:指江客。

【解读】

本诗写于江州,江客当是诗人的朋友,这是一首赠别诗。首两句写送别的环境,正是一个秋天即将来临的日子,景物凄清而空旷。后两句写人,想象友人今夜将独宿沙头的情景。"愁君独向沙头宿",一个"愁"字深刻表达出诗人对江客的情谊。"水绕芦花月满船",写得非常具体清晰,在如此充满诗情画意的境界中,江客也是一定含愁无眠吧。越是在风清月白的夜晚,旅人越会思念自己的亲友。

题旧写真图

我昔三十六，写貌在丹青[1]。

我今四十六，衰悴卧江城[2]。

岂比十年老，曾与众苦并。

一照旧图画，无复昔仪形。

形影默相顾，如弟对老兄。

况使他人见，能不昧平生。

羲和鞭日走[3]，不为我少停。

形骸属日月，老去何足惊。

所恨凌烟阁[4]，不得画功名。

【注释】

1　丹青：两种绘画颜料，此指绘画。

2　衰悴（cuì 翠）：衰老憔悴。江城：指江州。

3　羲和：古代神话中驾驭日车的神。

4　凌烟阁：国家为表彰功臣而设置的高阁。唐太宗贞观十七年（643），在长安高阁上画出了开国二十四功臣图像。

【解读】

  时光的流失会让敏感的诗人惊心动魄。目睹十年前自己三十六岁的画像，再对照如今四十六岁时的自己，诗人感慨良多。"如弟对老兄"一语以口语入诗，道他人所不敢道。面对流逝的岁月，诗人最大的遗憾是不能建功立业。身处江州的白乐天，他并没有放弃自己兼治天下的理想。

问刘十九[1]

绿蚁新醅酒[2]，红泥小火炉。
晚来天欲雪，能饮一杯无？

【注释】

1 刘十九：诗人的朋友，未详。

2 绿蚁：酒。新酿的米酒，表面会漂浮淡绿的浮渣，故名。新醅（pēi 胚）酒：新酿造而未经过滤的酒。

【解读】

漂浮着绿色泡沫的新酒，用红色泥巴做成的小火炉，虽然寻常，但也颇富诗意。后二句邀请朋友在雪天同饮，可见乐天之好客。《唐诗三百首》云："信手拈来，都成妙谛，诗家三昧，如是如是。"《诗境浅说续编》曰："寻常之事，从意中所有，而笔不能达者，得生花江管写之，便成绝唱，此等诗是也。末句之'无'字，妙作问语，千载下如闻声口也。"

啄木曲

莫买宝剪刀，虚费千金直[1]。我有心中愁，知君剪不得。莫磨解结锥，徒劳人气力。我有肠中结，知君解不得。莫染红丝线，徒夸好颜色。我有双泪珠，知君穿不得。莫近红炉火，炎气徒相逼。我有两鬓霜，知君销不得[2]。刀不能剪心愁，锥不能解肠结。线不能穿泪珠，火不能销鬓雪。不如饮此神圣杯，万念千忧一时歇[3]。

【注释】

1 直：值。
2 销：消除。
3 歇：停止。

【解读】

这首诗采用民歌的形式，写自己有"心中愁"、"肠中结"、"双泪珠"、"两鬓霜"，无限的忧愁无法消解。最后说："不如饮此神圣杯，万念千忧一时歇。"诗人要渲染的是酒的魔力，但不直接去说，先说了剪刀、结锥、丝线、炉火都不能消忧，经过多重否定之后，最后才点出了酒的魅力，可见诗人对酒的钟爱。而诗人之所以钟爱于酒，是因为现实生活中有"万念千忧"，饮酒是无可奈何的选择。酒固然可以使万念千忧"一时歇"，但正如李白诗中所说："抽刀断水水更流，举杯消愁愁更愁"（《行路难》）。

春 生

春生何处暗周游，海角天涯遍始休。
先遣和风报消息，续教啼鸟说来由[1]。
展张草色长河畔[2]，点缀花房小树头。
若到故园应觅我[3]，为传沦落在江州[4]。

【注释】

1　教：让，使。
2　展张：展开。
3　故园：故乡。
4　为传：替我捎信。

【解读】

本诗作者自注云："元和十二年作。"诗中采用拟人的手法，赋予春天以生命力。先写春天会周游天下，春天到来之时"先遣和风报消息，续教啼鸟说来由"。春天会染绿河畔，会点缀树枝。最后说："若到故园应觅我，为传沦落在江州。"写出了诗人与春天之间的深情，同时也感叹自己命运多乖，充满了伤春意绪。

夜 雨

早蛩啼复歇[1],残灯灭又明。
隔窗知夜雨,芭蕉先有声。

【注释】

1 蛩（qióng 穷）：蟋蟀。

【解读】

首句写听觉，蟋蟀时啼时歇；次句写视觉，残灯时暗时明。后两句写下雨，雨打芭蕉给人一种冷清孤寂的感觉。

大林寺桃花[1]

人间四月芳菲尽，山寺桃花始盛开。
长恨春归无觅处，不知转入此中来。

【注释】

1 大林寺：在庐山。

【解读】

诗人在序中说："余与河南元集虚……凡十七人，自遗爱、草堂，历东西二林，抵化城，憩峰顶，登香炉峰，宿大林寺。大林穷远，人迹罕到。环寺多清流苍石、短松瘦竹，寺中唯板屋木器。其僧皆海东人。山高地深，时节绝晚。于时孟夏月，如正二月天，梨桃始华，涧草犹短，人物风候，与平地聚落不同，初到恍然若别造一世界者。因口号绝句云：'人间四月芳菲尽……'时元和十二年四月九日乐天序。"这是一首纪游诗。首二句写人间四月与山寺的差异，充满了惊喜。后两句是惊喜之情的延伸，充溢着惜春之情。

遗爱寺[1]

弄日临溪坐[2],寻花绕寺行。
时时闻鸟语,处处是泉声。

【注释】

1 遗爱寺:在庐山香炉峰下。
2 弄日:玩弄水中日影。

【解读】

"弄日"、"寻花"两句写出了诗人对大自然的喜爱。"时时"、"处处"二句写遗爱寺周围环境的清幽美丽。沉浸在自然美的享受中的乐天,把诗写得明丽而欢快。

山中独吟

人各有一癖，我癖在章句[1]。

万缘皆已消[2]，此病独未去。

每逢美风景，或对好亲故[3]。

高声咏一篇，恍若与神遇[4]。

自为江上客[5]，半在山中住。

有时新诗成，独上东岩路。

身倚白石崖，手攀青桂树。

狂吟惊林壑[6]，猿鸟皆窥觑[7]。

恐为世所嗤，故就无人处。

【注释】

1 章句：此指诗歌。

2 缘：宿命论者指人与人遇合或结成关系的原因。此处指自己与功名利禄等事之间的关系。

3 亲故：亲戚朋友。

4 与神遇：进入到一个"如有神"的境界。

5 江上客：江边的客人。指自己住在浔阳江附近。

6 林壑（hè 贺）：树林、山沟。

7 窥觑：偷偷地看。

【解读】

　　本诗作于江州时期。诗写自己对诗歌痴迷的情状。"人各"四句，写自己的爱好独在诗歌，"万缘皆已消"写自己对功名利禄已经失去了信心，惟有诗歌创作在支撑着自己。"每逢"四句写诗歌创作给自己以审美享受，面对自然美与亲情友情，惟有诗歌能传达自己的心声。"自为江上客"以下写自己来到江州之后，"恐为人所嗤"，经常独自走上山岭，在山间吟诵自己的诗句。这一方面让我们看到诗人对诗歌创作的热爱，同时也让我们体会到他的孤独。

南湖早春[1]

风回云断雨初晴，返照湖边暖复明。
乱点碎红山杏发，平铺新绿水萍生。
翅低白雁飞仍重，舌涩黄鹂语未成[2]。
不道江南春不好，年年衰病减心情。

【注释】

1 南湖：此指鄱阳湖。
2 黄鹂：黄莺。

【解读】

本诗作于江州。前六句写南湖早春之景。首句写雨，次句写返照。这两句从大处着眼。第二联写山写湖，山上"乱点碎红"，湖中"平铺新绿"，红是点点碎红，绿是一片新绿。第三联写鸟，一写雁，一写莺。雁写其雨后低飞，莺写其鸣声尚涩。此六句写景，有远有近，有声有色。最后两句议论，道出自己因衰病而在早春也没有好的心绪。

李白墓[1]

采石江边李白坟[2],绕田无限草连云。
可怜荒垄穷泉骨,曾有惊天动地文。
但是诗人多薄命,就中沦落不过君[3]。

【注释】

1 李白墓：在今安徽当涂。初葬在采石矶（当涂西北），后迁于青山（当涂东南）。

2 采石：一名牛渚山，在当涂县北四十五里大江中。

3 就中：其中。

【解读】

诗人在看到李白墓之后，有无限感慨。"采石"两句交待李白墓的地点和环境。"绕田无限草连云"，给人一种空旷的寂寥的感觉。"可怜"两句慨叹李白已经埋入地下，当年他的诗篇可以惊风雨、泣鬼神。最后两句对李白、对历代诗人寄予无限同情。诗中既有对李白天才的肯定，也有对李白沦落不遇的同情，其中也暗含对自己不幸遭遇的惆怅。

题岳阳楼[1]

岳阳城下水漫漫，独上危楼倚曲栏。
春岸绿时连梦泽[2]，夕波红处近长安。
猿攀树立啼何苦，雁点湖飞渡亦难。
此地唯堪画图障[3]，华堂张与贵人看[4]。

【注释】

1 岳阳楼：湖南岳阳西门楼。

2 梦泽：云梦泽，古代楚国七大泽之一。古代面积很大，到唐代一般指岳阳南边的青草湖。《元和郡县志·岳州》："巴丘湖又名青草湖，在县南七十九里，周围二百六十五里，俗云古云梦泽也。"

3 图障：画幅，画幛。

4 张：挂。

【解读】

本诗作于元和十四年春，诗人自江州赴忠州，路过岳阳时作。洞庭湖烟波浩渺，气象万千，多少骚人墨客登临岳阳楼，题写了秀美诗篇。白居易登临此地，独上危楼，但见湖水漫漫，眼前惟见云梦泽，长安遥不可及。猿啼何苦，大雁难飞。在乐天的眼里，这并不是赏心悦目的好地方，结尾处他说倒可以把这些画为画幅，张挂在贵人家的华堂里。养尊处优的贵人们才有闲心去欣赏岳阳楼前的风光，而一个身世漂沦的迁客在此处所看见的只有茫然和凄凉。任何美景都与观赏者的心境相关。同样的景物，在不同的观赏者眼里，有不同的认知。《唐宋诗醇》曰："结语振竦，洞庭之险更不待写。"

西楼夜

悄悄复悄悄,城隅隐林杪[1]。
山郭灯火稀,峡天星汉少。
年光东流水,生计南枝鸟。
月没江沉沉,西楼殊未晓。

【注释】

1 杪(miǎo 渺):树枝的细梢。

【解读】

白居易于元和十四年(819)三月二十八日到达忠州,任忠州刺史,此诗当作于初到忠州不久。诗中所写有忠州的自然地理环境:忠州地僻人稀,"山郭灯火稀,峡天星汉少。"也有自己对生命的忧患:"年光东流水,生计南枝鸟。"诗以"月没江沉沉,西楼殊未晓"两句作结,既是写自然景物模糊不明,也是写自己的前程尚难预测。

阴　雨

岚雾今朝重[1]，江山此地深。
滩声秋更急，峡气晓多阴。
望阙云遮眼[2]，思乡雨滴心。
将何慰幽独，赖此北窗琴。

【注释】

1　岚雾：雾气在江曰雾，在山曰岚。
2　阙：宫门楼观，此指宫廷。

【解读】

　　此诗作于诗人任忠州刺史的一个秋天，当在元和十四年或十五年。首四句写忠州秋季景色，给人以压抑之感。后四句写雨中望阙思乡之情。"望阙云遮眼，思乡雨滴心"把自然现象与心理活动巧妙地结合了起来。诗人只有用弹琴来排遣孤独，可见生活在忠州时期的乐天之心情恰似阴雨中的忠州天气。

种桃杏

无论海角与天涯,大抵心安即是家。
路远谁能念乡曲[1],年深兼欲忘京华[2]。
忠州且作三年计,种杏栽桃拟待花。

【注释】

1　乡曲:偏僻的地方。后引申指乡里、故乡。
2　京华:长安。

【解读】

此诗作于忠州。是一首六句律,中间一联对仗,上下两联单行。"无论"两句是诗人在作自我安慰。中间一联表面上看似乎是写要忘记故乡和京华,其实正是诗人难以忘怀的体现。尾联写自己将安心在忠州呆三年,所以又是种杏又是栽桃开始忙乎了。但诗人念念不忘"三年",俗语曰:"桃三年杏四年",桃树三年结桃,杏树四年结杏,看来诗人还是在盼望马上结束三年的任期。"大抵心安即是家",诗人已经作出了将要"心安"的姿态,但他的心并未安下。

过昭君村[1]

灵珠产无种,彩云出无根。
亦如彼姝子[2],生此遐陋村[3]。
至丽物难掩,遽选入君门[4]。
独美众所嫉,终弃出塞垣[5]。
唯此希代色[6],岂无一顾恩。
事排势须去[7],不得由至尊。
白黑既可变,丹青何足论[8]。
竟埋代北骨[9],不返巴东魂。
惨澹晚云水,依稀旧乡园[10]。
妍姿化已久[11],但有村名存。
村中有遗老,指点为我言。
不取往者戒,恐贻来者冤[12]。
至今村女面,烧灼成瘢痕[13]。

【注释】

1 昭君:姓王名嫱,归州(今湖北秭归)人。汉元帝时宫女。据《西京杂记》,因昭君未贿赂画王毛延寿,毛延寿遂丑化了昭君。后匈奴入朝求亲,昭君入选,临行前元帝方知其美,悔恨不已。昭君远嫁匈奴,身死异域。

2　彼姝子：那个美丽的女子。

3　遐陋：偏远荒凉。

4　遽（jù 剧）：仓猝间。

5　塞垣：边塞之墙。

6　希代色：绝代美色。

7　事排：为了调解、排解匈奴的事。势：情势。

8　丹青：画。

9　代北：边塞之外。代，在今山西代县。

10　依稀：仿佛。

11　妍姿：美丽的姿容。化：化去，去世。

12　贻：留。

13　灼：烧。

【解读】

　　历代咏昭君的诗词甚多，诗人各有自己的感触。白居易在做忠州刺史时，沿江而上，途经昭君村，写下了这首诗。首先把昭君比喻为"灵珠"、"彩云"，从灵珠的无种、彩云的无根说明昭君出生在一个偏远荒凉的村庄。"至丽物难掩"以下十二句，交待了昭君的不幸遭遇，在乐天看来，昭君出塞的原因在于"独美众所嫉"，并为皇帝开脱说"不得由至尊"。这里面分明包含自己在官场上的体验。"惨澹晚云水"以下十句写诗人在昭君村的所见所闻。"至今村女面，烧灼成瘢痕"，可见村民对封建时代选取宫女一事的惊惧与反感。对这一点的表现、发掘，在历代咏昭君的诗篇中是独一无二的，其揭示也是极为深刻的。

东坡种花二首（选一）

持钱买花树，城东坡上栽。
但购有花者，不限桃杏梅。
百果参杂种，千枝次第开。
天时有早晚，地力无高低[1]。
红者霞艳艳，白者雪皑皑。
游蜂逐不去，好鸟亦来栖。
前有长流水，下有小平台。
时拂台上石，一举风前杯。
花枝荫我头，花蕊落我怀。
独酌复独咏，不觉月平西。
巴俗不爱花，竟春无人来[2]。
唯此醉太守，尽日不能回。

【注释】

1 地力：土壤的肥沃程度。
2 竟春：整个春天。

【解读】

本诗作于元和十五年（820）春。原诗二首，此选第一首。诗人时任忠州刺史。宋周必大《二老堂诗话》云："白乐天为忠州刺史，有《东坡种花》二诗，又有《步东坡》诗，云：'朝上东坡步，夕上东坡步；东坡何所爱？爱此新成树。'本朝苏文忠公不轻许可，独敬爱乐天，屡形诗篇。盖其文章皆主辞达，而忠厚好施，刚直尽言，与人有情，于物无著，大略相似。谪居黄州，始号东坡，其原必起于乐天忠州之作也。"苏轼是宋代最伟大的文人，他以"东坡"为号，可见他对乐天《东坡种花》、《步东坡》等诗的喜爱。这首诗写自己买花树、种花树。春来千枝次第开放，自己徘徊流连于花下，"独酌复独咏"，进入到了一个空明澄净的境界。《唐宋诗醇》云："细写种花之趣，静观物理，及时行乐，独善之义也。"

暮江吟

一道残阳铺水中,半江瑟瑟半江红[1]。
可怜九月初三夜[2],露似真珠月似弓[3]。

【注释】

1 瑟瑟:珠玉名,碧色,此处指碧绿的江水。
2 可怜:可爱。
3 真珠:珍珠。生于蚌壳内,为贵重装饰品。

【解读】

此诗约写于长庆二年(822)秋天。其时,诗人乘船离京去杭州赴任,在途中作了这首七绝。这首诗写暮色中的秋江。前两句写残阳映照江面,受阳光照射的一半江水闪动着红光,另一边江水则愈加碧绿,色彩浓重,在视觉上形成强烈的反差。后两句写随着时间的推移,夜幕降临了,诗人俯视地面草木上滚动着如同珍珠的露水,抬头望见一弯月牙如同一张弓,此情此景怎不让人爱怜?这首小诗玲珑剔透,色彩鲜明,是一件不可多得的艺术珍品。

后宫词

雨露由来一点恩[1],争能遍布及千门。
三千宫女胭脂面,几个春来无泪痕。

【注释】

1 雨露:此指皇帝的恩泽。由来:从来。

【解读】

　　本诗站在宫女的立场上,为宫女而呐喊。诗中采用了数字来说明,皇帝的恩泽只有"一点",而宫女所居则是"千门",从"一点"与"千门"的巨大悬殊说明宫女的悲苦乃是必然的。"三千"与"几个"相对照,三千宫女实际上是个个有泪痕。正值青春时光,却个个以泪洗面,怎不让人为她们遗憾伤感?

思妇眉

春风摇荡自东来,折尽樱桃绽尽梅。
惟馀思妇愁眉结,无限春风吹不开。

【解读】

　　首两句写大地春回,百花齐放。后两句写惟有思妇的愁眉春风无法吹开。通过春风浩荡,百花争艳,来反衬思妇的春愁。将思妇之眉与樱桃梅花并列,让人联想到思妇的年轻美貌。无限春风吹不开思妇之眉,这一比喻新颖奇特。

狂歌词

明月照君席，白露沾我衣。

劝君酒杯满，听我狂歌词。

五十已后衰，二十已前痴。

昼夜又分半，其间几何时。

生前不欢乐，死后有馀赀[1]。

焉用黄墟下[2]，珠衾玉匣为[3]。

【注释】

1 赀（zī资）：财物，钱财。

2 黄墟：此指坟墓。墟，有人住过而现在已经荒废的地方。

3 为：语气助词，用于句末表示反问语气。

【解读】

这是诗人酒后狂歌之辞。在一个宴会上，明月高悬，白露沾衣。诗人一面劝酒，一面狂歌。他狂歌的内容其实不是什么新鲜理论，早在《列子·杨朱》中已经有了："百年，寿之大齐，得百年者，千无一焉。设有一者，孩抱以逮昏老，几居其半矣。夜眠之所弭，昼觉之所遗，又几居其半矣。痛疾哀苦，亡失忧惧，又几居其半矣。……

则人之生也奚为哉！奚乐哉！为美厚尔，为声色尔。"乐天此诗表面看来如同《列子·杨朱》一样在宣扬及时行乐，其实这其中亦包含着对小人当道、壮志难酬的愤懑。

夜泊旅望

少睡多愁客，中宵起望乡。
沙明连浦月，帆白满船霜。
近海江弥阔，迎秋夜更长。
烟波三十宿，犹未到钱塘[1]。

【注释】

1　钱塘：杭州。

【解读】

本诗当作于诗人赴杭州任刺史的旅途上。首二句写诗人心中的忧患。"中宵起望乡"五字领起以下四句。"沙明"四句都是诗人中宵望见之景，给人一种清冷、空旷的感觉。结尾两句是叙事，其中也隐含着对未来的忧心。《唐诗近体》曰："律法严整，尚与盛唐相近。"

钱塘湖春行[1]

孤山寺北贾亭西[2]，水面初平云脚低。
几处早莺争暖树[3]，谁家新燕啄春泥。
乱花渐欲迷人眼，浅草才能没马蹄。
最爱湖东行不足，绿杨阴里白沙堤[4]。

【注释】

1　钱塘湖：杭州西湖。

2　孤山：山名，在西湖。贾亭：贾公亭，唐贞元年间贾全为杭州刺史时所建。

3　暖树：向阳的树木。

4　白沙堤：白堤，西湖中的一条长堤。

【解读】

　　这是一首描写西湖美景的名篇。第一句点明自己所在的位置，第二句写水写云，意境开阔。中间两联写早莺、暖树、新燕、春泥，写乱花、人眼、浅草、马蹄，勾勒出一幅美丽的西湖早春图。"争"字妙。"谁家"二字问得新奇。因为出现了"人""马"，就使景色活了起来。尾联继续写诗人春游，透露出诗人面对西湖美景的流连忘返之情。春意盎然，自然清丽。回环往复，曲折动人。

江楼夕望招客[1]

海天东望夕茫茫，山势川形阔复长。
灯火万家城四畔[2]，星河一道水中央。
风吹古木晴天雨，月照平沙夏夜霜。
能就江楼销暑否[3]？比君茅舍较清凉[4]。

【注释】

1　江楼：杭州城东楼，又叫"望江楼"、"望海楼"、"东楼"。招客：招请客人。

2　四畔：四边，四周。

3　就：到。

4　较：明显、更加。

【解读】

本诗作于长庆三年（823）夏，诗人任杭州刺史。题目是"江楼夕望招客"，全诗由两个部分组成，一个是江楼夕望，一个是江楼招客。前六句都在写夕望，首两句写大海和天空，写山川形势，是远景。次二句写万家灯火、水中星河，是中景；第三联写风吹古木、月照平沙，是近景。诗人写景，由远及近。"风吹"两句有声有色，让人感受到一种清凉之气。结尾两句邀请朋友同来江楼中销暑。从"比君茅舍较清凉"看，诗人所邀请的乃是一位贫穷的士人。虽然写景之句占了八句中的六句，招客只占二句，但前面六句写景时，景物的清丽，雨霜的幻觉，都是邀客前来的理由。

立春后五日

立春后五日,春态纷婀娜[1]。

白日斜渐长,碧云低欲堕。

残冰坼玉片[2],新萼排红颗[3]。

遇物尽欣欣[4],爱春非独我。

迎芳后园立,就暖前檐坐。

还有惆怅心,欲别红炉火。

【注释】

1　婀娜:姿态柔美的样子。

2　坼(chè彻):坼裂,开裂。

3　萼(è饿):花萼,在花瓣下面的一圈绿色小片。

4　欣欣:充满生机的样子。

【解读】

本诗作于杭州刺史任内,写春天来临之际的欣喜。首句点题,次句"春态纷婀娜"是总写。"白日"四句是分写。白天渐长,碧云欲堕,写天空。残冰消融,新萼吐蕊,写大地。"遇物"以下写自己在春天到来之时的心情。看到欣欣向荣的春天,诗人充满了惜春之情。"迎芳后园立,就暖前檐坐"两句具体写出了诗人对春天的热爱。结尾两句说"还有惆怅心，欲别红炉火"，诗人为什么会产生惆怅之情呢？是因为舍不得放下自己的红泥小火炉吗？其实是诗人在"欲别红炉火"之时体会到了时光的流逝，又一个春天来到了，自己又苍老了一岁，这不能不让多情的诗人惆怅。

江南遇天宝乐叟[1]

白头病叟泣且言，禄山未乱入梨园[2]。
能弹琵琶和法曲[3]，多在华清随至尊[4]。
是时天下太平久，年年十月坐朝元[5]。
千官起居环珮合[6]，万国会同车马奔[7]。
金钿照耀石瓮寺[8]，兰麝熏煮温汤源[9]。
贵妃宛转侍君侧，体弱不胜珠翠繁。
冬雪漂飘锦袍暖，春风荡漾霓裳翻[10]。
欢娱未足燕寇至，弓劲马肥胡语喧。
豳土人迁避夷狄[11]，鼎湖龙去哭轩辕[12]。
从此漂沦落南土，万人死尽一身存。
秋风江上浪无限，暮雨舟中酒一尊。
涸鱼久失风波势，枯草曾沾雨露恩。
我自秦来君莫问，骊山渭水如荒村[13]。
新丰树老笼明月[14]，长生殿暗锁春云[15]。
红叶纷纷盖敧瓦[16]，绿苔重重封坏垣[17]。
唯有中官作宫使[18]，每年寒食一开门[19]。

【注释】

1 天宝：唐玄宗年号，公元742年至755年。乐叟：

老年乐师。

2　禄山：安史之乱首领安禄山。梨园：唐玄宗时教练歌舞艺术的场所。

3　和（hè贺）：伴奏。法曲：道观所奏的乐曲。后来也指梨园弟子演奏的其他乐曲。

4　华清：华清宫，在骊山山顶上。

5　朝元：阁名，在骊山山顶上。

6　起居：动词，向皇帝行礼。

7　会同：会盟，这里指诸侯拜见天子。

8　金钿：女子所戴镶嵌金花宝石的头饰。石瓮寺：在骊山山腰。

9　兰麝：香料。

10　霓裳：一种舞衣，似虹霓。

11　豳（bīn宾）土：豳地，在今陕西彬县。此处指京师地区。

12　"鼎湖"句：用轩辕（黄帝）典故。《史记·封禅书》："黄帝采首山铜，铸鼎于荆山下，鼎既成，有龙垂胡髯下迎黄帝。黄帝上骑，群臣后宫从上者七十馀人，龙乃上去。余小臣不得上，乃悉持龙髯，龙髯拔，堕，堕黄帝之弓。百姓仰望黄帝既上天，乃抱其弓与胡髯号，故后世名其处曰鼎湖。"

13　渭水：黄河支流，发源于甘肃，流经陕西咸阳、临潼等地。

14　新丰：在陕西临潼东北。

15　长生殿：在临潼华清宫内。

16　攲（qī妻）瓦：不正的瓦，比喻屋宇年久失修。

17　垣：墙。

18　中官：太监。

19　寒食：寒食节，古代祭扫的日子，在农历清明前一天。相传春秋时晋国介之推辅佐重耳回国，后隐于山中，重耳烧山逼他出来，他抱树烧死。重耳为悼念他，禁止在他死日生火煮饭，只吃冷食。以后相沿成俗，叫做寒食禁火。

【解读】

　　开天盛世是值得令人追慕的，自从安史之乱发生，唐帝国盛极而衰，走起了下坡路。乐天的这首《江南遇天宝乐叟》通过自己与乐叟的对话反映出时代的巨大变迁，充满了感伤意绪。诗人通过乐叟之眼来反映盛世情景，乐叟因为能弹琵琶和法曲，所以能够接近皇帝，能够看到天下太平之时，千官起居、万国会同的盛况，也能够一睹杨贵妃"宛转侍君侧"的媚姿。后来安史之乱爆发，乐叟"漂沦到南土"，过着颠沛流离的日子。抚今追昔，乐叟心中有无限感慨。接下来，诗人向乐叟介绍了"骊山渭水如荒村"的现状，乐叟心中的圣殿在乐天的叙述中彻底轰塌了，那个太平而豪华的盛世已经永远消逝了。《唐宋诗醇》云："前叙乐叟之言，天宝旧事也。后叙告乐叟之言，乱后景象也。俯仰今昔，满目苍凉，言外黯然欲绝。乐叟未必实有其人,特借以抒感慨之思耳。"

花非花

花非花，雾非雾。夜半来，天明去。
来如春梦几多时，去似朝云无觅处。

【解读】

此词写作时间不详，意境扑朔迷离。据王汝弼先生说，"似以穆宗长庆二年（822）七月出任杭州刺史以后，敬宗宝历二年（826）秋卸任苏州刺史以前这一段时间的可能性较大。"关于这首词的主旨，王汝弼先生认为"此词通篇皆作隐语，主题当是咏官妓。"（王汝弼选注《白居易选集》，上海古籍出版社1980年版，第291页）把这首词理解为官员与官妓之间的幽会也许就是事实，但不能让人体会到什么美感。朱金城、朱易安先生《白居易诗集导读》则认为："诗人用洗炼的手法，拓出一个空灵迷茫的梦幻世界，在那里，他似乎见到了早年的恋人，欢悦无比。当梦幻从眼前消失，他便怅然有失，却又不愿破坏那美好的记忆。"（巴蜀书社1988年版，第198页）诗人所写的到底是什么，对我们普通读者而言，并不重要。重要的是这是一首优美而朦胧的精致之作。

西湖晚归，回望孤山寺，赠诸客

柳湖松岛莲花寺，晚动归桡出道场[1]。
卢橘子低山雨重[2]，棕榈叶战水风凉[3]。
烟波澹荡摇空碧，楼殿参差倚夕阳[4]。
到岸请君回首望，蓬莱宫在海中央[5]。

【注释】

1 桡（ráo 饶）：小桨。道场：佛家讲经做法事的场所。

2 卢橘：似橘子的水果。

3 棕榈（lǚ 吕）：长绿乔木。战：颤动。

4 参差：形容多。

5 蓬莱宫：道教传说中的三仙山之一蓬莱山中的宫殿，此指孤山寺。

【解读】

本诗作于杭州刺史任内，诗人去西湖孤山寺参加了一个法会，诗写离开法会时的情景。首先排列出"柳湖"、"松岛"、"莲花寺"三个西湖景点，继而说走出道场乘小舟离去。"卢橘"二句写山雨欲来，倍感清凉。"烟波"两句意境开阔，清新明丽。结尾两句把刚刚离开的孤山寺比喻为海上的蓬莱宫，可见诗人对西湖美景的留恋和喜爱。

题目中有"赠诸客"三个字,"请君回首望"就与题目紧密扣合了起来。

杭州春望[1]

望海楼明照曙霞[2],护江堤白蹋晴沙[3]。
涛声夜入伍员庙[4],柳色春藏苏小家[5]。
红袖织绫夸柿蒂[6],青旗沽酒趁梨花[7]。
谁开湖寺西南路[8],草绿裙腰一道斜。

【注释】

1 长庆二年(822)至长庆四年(824),白居易任杭州刺史,这首诗即作于此间。诗写初春的杭州,突出描绘了西湖的美景。

2 望海楼:作者原注:"城东楼名望海楼。"

3 堤:指白沙堤。

4 伍员庙:人们为伍员立的庙。伍员,字子胥,春秋时楚国人。他的父兄都被楚平王杀害。伍员逃入吴国,协助吴王阖庐打败楚国,又协助吴王夫差打败越国。后来夫差听信谗言,杀害了伍员。人们同情忠臣的不幸遭遇,立祠纪念他。民间传说,因他怨恨吴王,死后驱水为潮,故钱塘江潮又称为"子胥涛"。

5 苏小:即苏小小,南齐时钱塘名妓。其墓在西湖西泠桥畔。

6 红袖:代织绫女子。柿蒂:此指彩绫上的柿蒂形花纹。

7 青旗:指买酒人家的酒旗。梨花:酒名。作者原

注："其俗，酿酒趁梨花时熟，号为'梨花春'。"

8　西南路：指由断桥向西南通往湖中到孤山的长堤。作者原注："孤山寺路在湖洲中，草绿时，望如裙腰。"

【解读】

首联点出杭州名胜古迹望海楼、白沙堤。当曙光霞色照亮了望海楼时，诗人已漫步在白沙堤上领略杭州的美景了。额联点出与杭州有关的历史人物伍员和苏小小。伍员忠贞效国，却反受谗言屈死；南齐名妓苏小小风流一时，如今已玉殒香消。有关他和她的传说为杭州增添了魅力。"庙"、"家"的存在使历史和现实有了联系的纽带。"入"字表明杭州之夜的静谧，也表明钱塘潮的声势浩大。"藏"字表明春意已有，却还不浓，将春色拟人化了。柳色与风流名妓连接，让人体会到春天的妩媚和柔情。颈联写杭州特产"柿蒂"绫和"梨花春"酒，用红袖代指织绫女郎，名贵的彩绫将为杭州的春天增添新的风采，在梨花盛开的季节人们将聚集到酒旗下饮西湖名酒。尾联照应首联，写西湖风光，放眼望去，一道长堤宛如为西湖束上了一条飘逸的裙带。在一首七律中，诗人写出了杭州的名胜古迹、传说、特产、湖面风光等，容量很大，又很集中。诗人将这一切放在初春这样特定的背景下来描绘，又是"望"时所见，选取的角度不落窠臼。全诗色彩鲜艳，有曙光、彩霞、蓝天、白沙、柳色、红袖、青旗、绿草、梨花……这五彩缤纷的色彩装饰着美丽的西子湖、杭州城，使古城愈发婀娜多姿、美丽动人。

代卖薪女赠诸妓[1]

乱蓬为鬓布为巾,晓蹋寒山自负薪。
一种钱唐江畔女[2],著红骑马是何人[3]?

【注释】

1 卖薪女:卖柴的女子。妓:唐代的官妓。
2 一种:一样,同样。
3 骑马:明蒋一葵《尧山堂外纪》云:"唐时杭妓,承应宴会,皆得骑马相从。"

【解读】

前两句写卖薪女鬓如乱蓬、衣衫陈旧,生活艰辛。后两句写官妓们衣着鲜亮、骑马前去赴宴。将农妇与官妓的两种生活进行对照,反映出两种不同的命运。

画竹歌

植物之中竹难写，古今虽画无似者。萧郎下笔独逼真[1]，丹青以来唯一人。人画竹身肥拥肿，萧画茎瘦节节竦[2]。人画竹梢死羸垂[3]，萧画枝活叶叶动。不根而生从意生，不笋而成由笔成。野塘水边碕岸侧[4]，森森两丛十五茎。婵娟不失筠粉态[5]，萧飒尽得风烟情。举头忽看不似画，低耳静听疑有声。西丛七茎劲而健，省向天竺寺前石上见[6]。东丛八茎疏且寒，忆曾湘妃庙里雨中看[7]。幽姿远思少人别，与君相顾空长叹。萧郎萧郎老可惜，手颤眼昏头雪色。自言便是绝笔时[8]，从今此竹尤难得。

【注释】

1 萧郎：萧悦，时官为协律郎，人称萧协律。善画竹。

2 竦（sǒng耸）：挺拔。

3 死羸垂：没有生气。

4 碕（qí奇）岸：曲岸。

5　婵娟：美好。筠（yún 云）粉：新生竹竿上的白粉。

6　天竺寺：在杭州西湖。

7　湘妃庙：在湖南洞庭湖君山上。

8　绝笔：不再作画。

【解读】

　　本诗作于杭州刺史任内，高度赞扬了画家萧悦的画竹成就。开篇即说"植物之中竹难写，古今虽画无似者"，为萧悦画竹作好铺垫。次句便突出萧悦画竹逼真，"丹青以来唯一人"这一句是总评，以下便将别人所画之竹与萧悦所画之竹进行对照。"举头忽看不似画，低耳静听疑有声"等句所萧悦所画之竹出神入化，如同真竹。结尾数句为萧悦的不遇、年老而慨叹。《唐宋诗醇》曰："波澜意度直逼子美堂奥，与香山平日面貌不类，盖有意规仿子美题画诸作而为之者。"

春题湖上[1]

湖上春来似画图,乱峰围绕水平铺。
松排山面千重翠,月点波心一颗珠。
碧毯线头抽早稻[2],青罗裙带展新蒲[3]。
未能抛得杭州去,一半勾留是此湖。

【注释】

1 湖:西湖。

2 碧毯:指早穗连成一片,如同绿色的地毯。

3 蒲:香蒲,多年生草本植物,生于浅水或池沼中,叶长而尖,可以编席和扇子等。

【解读】

本诗是乐天在杭州时所写,描绘西湖春景。《古唐诗合解》曰:"以'湖'字起结,奇极。'一半勾留',湖未尝留人,而人自不能抛舍。兴之所适也;然亦只得'一半',那一半当别有瞻恋君国去处,若说全被勾留,岂不是个游春郎君,不是白傅口中语矣。前解写山月之胜,后解写物色之胜,总写得'湖上春'三字。"这里对乐天诗句的分析有其深刻处,也有未安处。作者认为勾留诗人的另一半应为"瞻恋君国",其实与诗意不符,乐天分明说"未能抛得杭州去,一半勾留是此湖",只是就杭州对自己的吸引而言的,与皇帝、国家并无直接联系。诗人将春日的西湖比作一幅图画,这是一幅精美绝伦的图画,诗人用浓墨重彩勾勒了西湖的美景,西湖之美不仅勾留诗人,也让无数读者向往不已。

晚 兴

极浦收残雨[1],高城驻落晖。

山明虹半出,松暗鹤双归。

将吏随衙散[2],文书入务稀。

闲吟倚新竹,筠粉污朱衣[3]。

【注释】

1 极浦:最远的水滨。

2 将吏:文武官员,此指刺史的僚属。

3 筠粉:新竹竿上的白粉。朱衣:唐代刺史官服,绯红色。

【解读】

本诗作于杭州,诗人在结束一天的公务之后走出官府,走向自然。首四句写雨后天晴,尾四句写自我闲适。从诗句中可以揣摩到诗人怡然自得的心情。

早 兴

晨光出照屋梁明,初打开门鼓一声[1]。
犬上阶眠知地湿,鸟临窗语报天晴。
半销宿酒头仍重[2],新脱冬衣体乍轻。
睡觉心空思想尽,近来乡梦不多成。

【注释】

1　开门鼓:当时风俗,报夜和报晓都有衙鼓敲响。
2　宿酒:昨夜喝过酒。

【解读】

本诗作于杭州刺史任上。在一个春日的早上,诗人仔细地描绘了自己醒来后的情景。前六句按时间的顺序来写,晨光初照,衙鼓报晓,自己从梦境中惊醒。"犬上"两句写犬写鸟,写地写天,极富生活情趣。"半销"两句写自己,前句写昨夜饮酒,后句写冬衣已换,让人感受到诗人的生活是安定的,诗人的心情是愉悦的。最后二句交待出"近来乡梦不多成",看来诗人有了"此间乐"的体会,从侧面反映出杭州春景之美;秀美的山水在一定程度上抚慰诗人心灵的创伤。

自咏五首（选二）

朝亦随群动，暮亦随群动。
荣华瞬息间，求得将何用。
形骸与冠盖[1]，假合相戏弄。
但异睡著人，不知梦是梦。

【注释】

1　形骸：形体。冠盖：官吏的冠服和车盖。

【解读】

本诗作于宝历二年（826）秋，时任苏州刺史。原题五首，此为第一首。这首诗反映了诗人后期对人生的一种体悟。首二句写人们朝暮随群而动，忙忙碌碌。次二句写荣华难久。"形骸"二句写官场多变。结尾两句写人生如梦。从诗人在苏州任内的表现看他并没有看破红尘而无所作为。这种情绪的产生当与年龄的老大与朝政的混乱等相关。

一家五十口[1]，一郡十万户。
出为差科头[2]，入为衣食主。
水旱合心忧[3]，饥寒须手抚[4]。
何异食蓼虫[5]，不知苦是苦。

【注释】

1　五十口：当是指家族而言的，或说指刺史衙门人数。白居易离开苏州刺史任上的《自喜》说："身兼妻子都三口，鹤与琴书共一船。"

2　差科：科差，差税。对百姓征收赋税和摊派劳役。头：头子。

3　合：应该。

4　手抚：亲自安抚。

5　食蓼（liǎo 辽上声）虫：蓼，有辛辣味的植物。食蓼虫即吃蓼不以苦的虫子。

【解读】

此为五首中的第二首。本诗写自己在苏州刺史任上的生活。小则为了家庭和家族的利益，大则为了一郡十万户百姓的生活，诗人在勉力工作。无论是"出"是"入"都承担着责任。"水旱合心忧，饥寒须手抚"两句是诗人勤政爱民的写照。结尾慨叹自己就是食蓼虫一般的命运。本诗与其一写于同一时期，通过这两首诗我们可以看到诗人矛盾的内心世界。

别州民[1]

耆老遮归路[2],壶浆满别筵。

甘棠无一树[3],那得泪潸然[4]。

税重多贫户,农饥足旱田[5]。

唯留一湖水[6],与汝救凶年[7]。

【注释】

1 州民:杭州民众。

2 耆(qí 旗)老:年高有德的人。

3 甘棠:植物名,即梨棠。据说周朝召公南巡时为了不惊扰百姓,在一甘棠树下休息,人们写《甘棠》一诗怀念他。诗见《诗经·召南》。

4 潸(shān 山)然:泪流满面。

5 足:多。

6 一湖水:作者原注:"今春增筑钱塘湖堤,贮水以防天旱,故云。"

7 凶年:灾荒之年。

【解读】

本诗作于长庆四年(824)五月,白居易杭州刺史任期已满,即将离开杭州回京。前二句写自己离去时,父老们恋恋不舍,次二句是诗人自谦之语,感到自己不能承受父老乡亲的盛情。"后四句，经济政绩，具见其中，慈惠之意，蔼然言表。如此留心民事，方许诗酒。"(《唐宋诗醇》)乐天与杭州百姓之间的情谊足以让我们感动，为人民做出一点好事的官员，人民是不会忘记他们的。

池上寓兴二绝

其 一

濠梁庄惠谩相争[1],未必人情知物情。
獭捕鱼来鱼跃出[2],此非鱼乐是鱼惊。

【注释】

1 庄惠:庄子与惠子,战国时代哲人。《庄子·秋水》云:"庄子与惠子游于濠梁之上。庄子曰:'鯈鱼出游从容,是鱼之乐也。'惠子曰:'子非鱼,安知鱼之乐?'庄子曰:'子非我,安知我不知鱼之乐?'惠子曰:'我非子,固不知子矣;子固非鱼也,子之不知鱼之乐,全矣。'庄子曰:'请循其本,子曰"汝安知鱼乐"云者,既已知吾知之,而问我;我知之濠上也。'"谩:白白。

2 獭:水獭。

【解读】

此诗作于诗人晚年在洛阳时期。为了避开朋党之争,诗人自请离开长安,大和三年(829)授太子宾客分司东都。表面是谈对庄惠之争的看法,实际上寄寓了诗人对现实的体认。诗人以鱼自比,用獭指与自己对立的当权者。

其 二

水浅鱼稀白鹭饥[1],劳心瞪目待鱼时。
外容闲暇中心苦,似是而非谁得知。

【注释】

1 稀:少。白鹭:水鸟名,羽毛纯白色,顶有细长的白羽,捕食小鱼。

【解读】

本诗写白鹭,劳心瞪目待鱼的情景。作者所写的白鹭"外容闲暇中心苦",和自己晚年在洛阳的心境非常吻合,结尾一句表现出诗人对现实的迷茫。

采莲曲[1]

菱叶萦波荷飐风[2],荷花深处小船通。
逢郎欲语低头笑,碧玉搔头落水中[3]。

【注释】

1 采莲曲:属乐府相和歌辞,为采莲女所唱。
2 萦:旋绕。飐(zhǎn展)风:因风而招展。
3 碧玉搔头:玉簪。

【解读】

这是一首爱情民歌。首句写景,是对菱叶和荷花的特写,菱叶随波摇动,荷花在风中招展。"荷花深处小船通",使荷塘有了纵深感,小船来往于荷花丛中颇富诗情画意。后二句写采莲女遇到情郎之后的情景。"欲语低头笑"五字,可见采莲女的多情与羞涩,"碧玉搔头落水中"是对搔头的特写,可以看出她的紧张与慌乱,但其中也浸透了欢乐与甜蜜。

咏 怀

尽日松下坐，有时池畔行。
行立与坐卧，中怀澹无营[1]。
不觉流年过，亦任白发生。
不为世所薄，安得遂闲情。

【注释】

1 无营：无求。

【解读】

本诗写作时间不详，从内容上看，当是中年以后作品。早年的乐天积极有为，欲大济天下，中年以后日趋于澹泊。在这首《咏怀》诗中，诗人所咏之怀就是一种恬淡无为、顺其自然的情怀。"尽日"两句写诗人的行止，一直与大自然在一起。心中没有欲求，"不觉流年过，亦任白发生"，完全顺应自然。结尾两句写自己已超然物外，不在乎世人所薄，安享闲情逸致。

客中月[1]

客从江南来，来时月上弦[2]。

悠悠行旅中，三见清光圆。

晓随残月行，夕与新月宿。

谁谓月无情，千里远相逐。

朝发渭水桥，暮入长安陌。

不知今夜月，又作谁家客。

【注释】

1　客中：旅途中。

2　上弦：形状似弓弦向上的月牙儿。

【解读】

　　本诗以"客"始，以"客"结，中间所叙都是"客"与"月"的关系。这个"客"当是诗人自己，诗人离开江南回京，在旅途上走了三个月，陪伴诗人的就是那轮千古明月。首句用回忆口吻写出。"悠悠"二句道出行旅时间之漫长。"晓随"两句，"晓"与"夕"对，"残月"与"新月"对，突出旅人伴月而行。"谁谓"两句将明月拟人化。"朝发"两句写终于涉过了渭水，走进了长安城，完成了旅途。最后两句是对月的发问，含有对月的感激成分。从月的相伴可以推知诗人一路无人相伴，旅途是孤寂清冷的。

崔十八新池[1]

爱君新小池，池色无人知。
见底月明夜，无波风定时。
忽看不似水，一泊稀琉璃[2]。

【注释】

1　崔十八：诗人的朋友，崔玄亮（768—833），字晦叔，行十八，与白居易为挚友。官至虢州刺史。白居易为其撰墓志铭。

2　琉璃：宝石。

【解读】

首句就标明自己的态度，喜爱崔十八的新池。从"池色无人知"，我们可以推断乐天与崔十八之间友情深厚。后四句紧扣"池色"而写，诗人写在明月之夜，波平风定时，池水似乎变为"一泊稀琉璃"，比喻新奇恰切。明月、新池之美让人陶醉。

太湖石[1]

远望老嵯峨[2],近观怪嵚崟[3]。

才高八九尺,势若千万寻[4]。

嵌空华阳洞[5],重叠匡山岑[6]。

邈矣仙掌迥[7],呀然剑门深[8]。

形质冠今古,气色通晴阴。

未秋已瑟瑟,欲雨先沉沉。

天姿信为异,时用非所任。

磨刀不如砺[9],捣帛不如砧。

何乃主人意,重之如万金。

岂伊造物者,独能知我心。

【注释】

1 太湖石:产自太湖的石头。白居易《池上篇序》曰:"罢苏州刺史时,得太湖石、白莲、折腰菱、青板舫以归。"

2 嵯峨(cuó é 矬娥):山势高峻的样子。

3 嵚崟(qīn yín 钦银):山高耸的样子。

4 寻:八尺为一寻。

5 嵌空:玲珑精巧的样子。华阳洞:在江苏句容大茅峰下。

6　匡山：江西庐山。

7　仙掌：仙人掌，在陕西华县华山，为华山三峰之一。

8　剑门：剑门山，即大剑山，在四川剑阁北。

9　砺：磨刀石。

【解读】

　　本诗作于晚年居于洛阳时期，诗中写自己对太湖石的喜爱。诗人面对一块八九尺高的太湖石能够看到仿佛有千万寻高，浓缩了庐山、华山等名山的美景，充分反映了诗人对自然的热爱。

惜 花

可怜夭艳正当时[1],刚被狂风一夜吹。
今日流莺来旧处,百般言语泥空枝[2]。

【注释】

1 夭艳:妖艳。
2 泥:通"呢",呢喃,细语。

【解读】

首句写正是鲜花怒放时,后句写发生了不幸,被狂风一夜吹落。题目为"惜花",结尾不去写人的惜花,而写鸟的惜花,流莺"百般言语泥空枝"一句妙,通过鸟的惜花,传递出作者的"惜花"之情。《近体秋阳》云:"潇洒出脱,此非真得有文字之乐者必不能。"

魏王堤[1]

花寒懒发鸟慵啼[2],信马闲行到日西。
何处未春先有思[3],柳条无力魏王堤。

【注释】

1 魏王堤:在洛阳,唐代洛阳的游览胜地之一。魏王,李泰,唐太宗三子,母长孙皇后,最得宠爱,贞观年间,赐堤于李泰。

2 慵(yōng 庸):懒。

3 思:春意。

【解读】

本诗写于诗人晚年在洛阳时,诗写"未春先有思"的景象,于此可以看出诗人的敏锐。《诗境浅说续编》云:"岁暮凄寒,鸟慵花懒,斜日西沉之际,在魏王堤上,信马行吟,其时春气已萌,虽枯干萧森,而堤柳已含有回青润意,万缕垂垂。自来诗家,鲜有咏及者。乐天以'无力'二字,状柳意之含春,与刘梦得之'秋水清无力'状水势之衰,皆体物之工者。"

柘枝妓[1]

平铺一合锦筵开[2],连击三声画鼓催。

红蜡烛移桃叶起[3],紫罗衫动柘枝来。

带垂钿胯花腰重,帽转金铃雪面回。

看即曲终留不住,云漂雨送向阳台[4]。

【注释】

1 柘(zhè 这)枝:唐代歌舞之一。

2 平铺:表示戏台之大。一合:四面有勾栏。锦筵:室内戏台。

3 桃叶:舞女。

4 阳台:宋玉《高唐赋》中写一女子对楚王说:"妾在巫山之阳,高丘之阴。旦为朝云,暮为行雨。朝朝暮暮,阳台之下。"后来用"阳台"指男女幽会之所。

【解读】

本诗写唐代《柘枝舞》演出情况,是研究唐代乐舞的重要资料。千年之下,让普通读者也目睹了唐代乐舞的盛大、优美场景。

霓裳羽衣歌 和微之[1]

我昔元和侍宪皇[2]，曾陪内宴宴昭阳[3]。
千歌百舞不可数，就中最爱霓裳舞。
舞时寒食春风天[4]，玉钩栏下香案前[5]。
案前舞者颜如玉，不著人家俗衣服。
虹裳霞帔步摇冠[6]，钿璎累累佩珊珊[7]。
娉婷似不任罗绮，顾听乐悬行复止。
磬箫筝笛递相搀[8]，击擫弹吹声逦迤[9]。
散序六奏未动衣[10]，阳台宿云慵不飞[11]。
中序擘騞初入拍[12]，秋竹竿裂春冰拆。
漂然转旋回雪轻，嫣然纵送游龙惊。
小垂手后柳无力[13]，斜曳裾时云欲生。
烟蛾敛略不胜态[14]，风袖低昂如有情。
上元点鬟招萼绿[15]，王母挥袂别飞琼[16]。
繁音急节十二遍，跳珠撼玉何铿铮。
翔鸾舞了却收翅，唳鹤曲终长引声[17]。
当时乍见惊心目，凝视谛听殊未足。
一落人间八九年[18]，耳冷不曾闻此曲。
湓城但听山魈语[19]，巴峡唯闻杜鹃哭[20]。

移领钱唐第二年，始有心情问丝竹。
玲珑箜篌谢好筝[21]，陈宠觱栗沈平笙。
清弦脆管纤纤手，教得霓裳一曲成。
虚白亭前湖水畔[22]，前后祗应三度按[23]。
便除庶子抛却来[24]，闻道如今各星散。
今年五月至苏州[25]，朝钟暮角催白头。
贪看案牍常侵夜，不听笙歌直到秋。
秋来无事多闲闷，忽忆霓裳无处问。
闻君部内多乐徒[26]，问有霓裳舞者无。
答云七县十万户，无人知有霓裳舞。
唯寄长歌与我来，题作霓裳羽衣谱。
四幅花笺碧间红，霓裳实录在其中。
千姿万状分明见，恰与昭阳舞者同。
眼前仿佛睹形质，昔日今朝想如一。
疑从魂梦呼召来，似著丹青图写出。
我爱霓裳君合知，发于歌咏形于诗。
君不见我歌云，惊破霓裳羽衣曲[27]。
又不见我诗云，曲爱霓裳未拍时[28]。
由来能事皆有主，杨氏创声君造谱[29]。
君言此舞难得人，须是倾城可怜女。

吴妖小玉飞作烟[30],越艳西施化为土[31]。
娇花巧笑久寂寥,娃馆苎萝空处所[32]。
如君所言诚有是,君试从容听我语。
若求国色始翻传,但恐人间废此舞。
妍媸优劣宁相远[33],大都只在人抬举。
李娟张态君莫嫌[34],亦拟随宜且教取[35]。

【注释】

1　霓裳羽衣歌:唐代大型歌舞之一。

2　宪皇:唐宪宗李纯。

3　昭阳:汉宫殿名,此指唐宫殿。

4　寒食:节令名,在农历清明前一天。

5　钩栏:勾栏,演出场所所围的栏杆。

6　虹裳:如虹一般的衣裳。霞帔:如同云霞一样的披肩。

7　钿:用金银镶制成的花形首饰。瓔:似玉美石。珊珊:响声。

8　递相挼:交互弹奏。

9　抴(yè夜):用手指按。声迤迤:作者自注:"凡法曲之初,众乐不齐,唯金石丝竹次第发声,《霓裳》序初亦复如此。"

10　"散序"句:作者自注:"散序六遍无拍,故不舞也。"散序即《霓裳羽衣舞》的前奏曲。六奏即六遍。

11　阳台：见宋玉《高唐赋》。

12　中序：中段。擘騞（bò huō 檗活阴平）：段落分明。

13　小垂手：舞蹈的一种动作，如同柳条无力而垂。

14　烟蛾：用麝烟画的眉毛。

15　上元：上元夫人。道教传说中的女仙。点：指着头上的发结。萼绿：萼绿华，仙女。

16　王母：西王母。道教传说中的女仙。飞琼：许飞琼，仙女。

17　"唳鹤"句：作者自注："凡曲将毕，皆声拍促速，唯《霓裳》之末，长引一声也。"

18　人间：离开京城。

19　湓城：今江西九江。

20　"巴峡"句：作者自注："予自江州司马转忠州刺史。"

21　"玲珑"二句：作者自注："自玲珑以下，皆杭之妓名。"

22　虚白亭：在杭州刺史治所内。

23　三度按：排演三次。

24　便除庶子：指白居易以太子左庶子分司东都。

25　今年：宝历元年。

26　君：元稹。时任浙东观察使、越州刺史。乐徒：能歌善舞的乐人。

27　"惊破"句：作者自注："《长恨歌》云。"

28 "曲爱"句：作者自注："钱塘诗云。"即其《重题别东楼》。

29 "杨氏"句：作者自注："开元中，西凉府节度杨敬述造。"

30 "吴妖"句：作者自注："夫差女小玉死后，形见于王，其母抱之，霏微若烟雾散空。"

31 西施：春秋时越国美女。

32 娃馆：馆娃宫，吴王夫差为西施所建宫殿。在江苏苏州。苎萝：村名，西施的故乡，在今浙江诸暨。

33 妍：美。媸（chī 吃）：丑。

34 李娟、张态：苏州妓女名。

35 教取：教给。

【解读】

本诗作于宝历元年（825），当时白居易任苏州刺史。他的朋友元稹时任浙东观察使、越州刺史。元稹"唯寄长歌与我来，题作《霓裳羽衣谱》"，乐天目睹《霓裳羽衣谱》，眼前仿佛出现了昔年宫廷内宴时看到的盛大歌舞场景。针对元稹此舞难得人的感叹诗人说"若求国色始翻传，但恐人间废此舞"。对于姿色一般的歌妓也可以因材施教，教她们学会《霓裳羽衣舞》。诗以回忆的口吻开篇，用浓墨重彩描绘《霓裳羽衣舞》的场景。其中有歌舞场地、舞者玉颜、所饰之服、所奏之乐、舞蹈动作等描写，以"当时乍见惊心目，凝视谛听殊未足"来结束对当年歌舞场景的回忆。后半部分着力写自己对《霓裳羽衣舞》的喜爱，以及收到元稹《霓裳羽衣谱》之后的惊喜和设想。《唐宋诗醇》曰："叙次分明，层层照应，可当一篇《霓裳羽衣》记；情致缠绵往复，极一唱三叹之妙。"

绣妇叹

连枝花样绣罗襦[1],本拟新年饷小姑[2]。
自觉逢春饶怅望[3],谁能每日趁功夫。
针头不解愁眉结,线缕难穿泪脸珠。
虽凭绣床都不绣[4],同床绣伴得知无。

【注释】

1 罗襦(rú 如):丝绸短袄。

2 饷(xiǎng 响):馈赠,赠送。

3 饶:增加,添加。

4 凭:倚,靠。

【解读】

本诗当作于大和三年(829)。大和元年三月,因裴度、韦处厚之推荐,征白居易为秘书监。二年二月由秘书监除刑部侍郎,封晋阳县男。同年十二月韦处厚暴卒。次年白居易罢刑部侍郎,以太子宾客分司东都,离开了政治的中心。本诗借绣妇的叹息写自己离开政治中心之后的苦闷。

春　词

低花树映小妆楼，春入眉心两点愁。
斜倚栏干背鹦鹉，思量何事不回头。

【解读】

　　诗当作于大和三年（829）。诗中描写一位女子独立于小妆楼内，愁眉不展，斜倚栏干，心事忡忡，久不回头。女子为何而愁，诗人没有点明。《唐诗镜》曰："每觉浅处藏情。"《唐宋诗醇》曰："艳体妙于蕴藉。"

哭微之二首

其 一

八月凉风吹白幕[1]，寝门廊下哭微之[2]。
妻孥朋友来相吊[3]，唯道皇天无所知。

其 二

文章卓荦生无敌[4]，风骨英灵殁有神[5]。
哭送咸阳北原上，可能随例作灰尘。

【注释】

1　白幕：吊唁时搭的幕帐。

2　寝门：内室的门。《礼记·檀弓上》孔子曰："师，吾哭诸寝；朋友，吾哭诸寝门之外。"

3　妻孥：妻子及儿女。

4　卓荦（luò 洛）：优异。

5　殁：死。

【解读】

　　元稹于大和五年（831）七月病逝，终年五十三岁。八月微之灵柩从武昌运往长安，途经洛阳时，诗人写此二诗悼念。其一写自己前来吊唁，"八月凉风吹白幕"一句萧条凄凉。尾句泪眼问天，悲痛欲绝。其二从"文章"和"风骨"两方面给予微之极高的评价，后两句写自己在哭送朋友之时的心境。

天津桥[1]

津桥东北斗亭西[2],到此令人诗思迷[3]。
眉月晚生神女浦[4],脸波春傍窈娘堤[5]。
柳丝袅袅风缲出[6],草缕茸茸雨剪齐。
报道前驱少呼喝[7],恐惊黄鸟不成啼。

【注释】

1　天津桥：津桥，洛阳城中的桥名。

2　斗亭：洛阳城洛水与漕渠分流处，置有一斗门（控制蓄池水量的通口），上有桥，桥上有屋亭，简称斗亭。

3　诗思：诗情。

4　眉月：新月。神女浦：地名，未详。

5　脸波：眼波。窈娘堤：天津桥附近的一个堤。

6　缲（sāo 搔）：把蚕茧浸在滚水里抽丝。此处借指风使柳丝发芽生长。

7　报道：告诉，命令。前驱：开道的人。

【解读】

本诗约写作于大和六、七年间，时乐天任河南尹。诗写春天来临之时，乐天游玩洛阳城的情景。首二句点明游玩地点，用"诗思迷"来总写此地风光之美。"眉月"以下四句分写美景,"眉月"、"神女"、"脸波"、"窈娘"将洛阳城天津桥附近描绘得如同一个惊艳绝伦的女子。"柳丝"、"风"、"草缕"、"雨"都是春意盎然的象征,"柳丝弱弱风缲出,草缕茸茸雨剪齐",把"风""雨"拟人化,写活了风雨。结尾一句生动体现了老诗人对自然的呵护。没有一颗童稚之心,就不会有如此细腻的嘱咐。

江楼晚眺，景物鲜奇，吟玩成篇，寄水部张员外[1]

澹烟疏雨间斜阳，江色鲜明海气凉。

蜃散云收破楼阁[2]，虹残水照断桥梁[3]。

风翻白浪花千片，雁点青天字一行。

好著丹青图画取[4]，题诗寄与水曹郎。

【注释】

1　张员外：中唐诗人张籍。见《读张籍古乐府》。

2　蜃（shèn 慎）：海市蜃楼，在海边或沙漠边偶尔可见的高空幻景。

3　虹残：不完整的长虹。

4　著：用。

【解读】

本诗创作于长庆三年（823）秋，时任杭州刺史。在一个暮色四合的时辰，白居易登上江楼，极目远眺，完成此篇。首句交待天气和时节，次句写景物和气候。"蜃散"写天空海市蜃楼，"虹残"写水面彩虹，诗人采用了"破"、"断"这两个负面字眼，用字新奇，感觉明丽。"风翻"两句一写江面，一写青天。江面有浪花，青天有雁阵，"花千片"与"字一行"对仗，诗中有画意境开阔。尾联写将以图画形式临摹下来,赠与张籍共同欣赏。

九年十一月二十一日感事而作[1]

祸福茫茫不可期，大都早退似先知。

当君白首同归日[2]，是我青山独往时。

顾索素琴应不暇[3]，忆牵黄犬定难追[4]。

麒麟作脯龙为醢[5]，何似泥中曳尾龟[6]。

【注释】

1 太和九年（835）十一月二十一日，这一天朝廷中发生了甘露之变。宰相李训与凤翔节度使郑注密谋铲除宦官集团，事泄，宦官诛杀朝臣，株连达千馀人。

2 白首同归：晋代诗人潘岳《金谷诗》云："投分寄石友，白首同所归。"后来潘岳与石崇同日被孙秀陷害处死，"岳后至，崇谓之曰：'安仁，卿亦复尔耶！'岳曰：'可谓白首同所归。'"（《晋书·潘岳传》）

3 顾索素琴：三国魏嵇康被司马昭集团借故杀害，临刑前，顾视日影，索琴而弹之。见《世说新语·雅量》。

4 忆牵黄犬：秦二世时，李斯父子被杀。刑前李斯对其子曰："吾欲与若复牵黄犬，俱出上蔡东门逐狡兔，岂可得乎！"（《史记·李斯列传》）

5 醢（hǎi 海）：肉酱。

6 曳尾龟：《庄子·秋水》云："庄子钓于濮水，楚王使大夫二人往先焉，曰：'愿以境内累矣！'庄子持竿不顾，曰：'吾闻楚有神龟，死已三千岁矣，王巾笥而藏之庙堂之上。此龟者，宁其死为留骨而贵乎，宁其生而曳尾于涂中乎？'二大夫曰：'宁生而曳尾涂中。'庄子曰：'往矣！吾将曳尾于涂中。'"

【解读】

甘露之变给一切正直的士人带来了精神的震撼。白居易在这一天独游香山寺，并创作了这首七律。诗中对正直士人的遇难表示出深切的悲哀。血腥的屠杀也促使诗人曳尾于涂中，见机引退，提防被卷入政治漩涡当中。

杨柳枝词八首[1]

其 一

六幺水调家家唱[2],白雪梅花处处吹[3]。
古歌旧曲君休听,听取新翻杨柳枝[4]。

其 二

陶令门前四五树[5],亚夫营里百千条[6]。
何似东都正二月[7],黄金枝映洛阳桥。

其 三

依依袅袅复青青[8],勾引春风无限情。
白雪花繁空扑地[9],绿丝条弱不胜莺[10]。

其 四

红板江桥青酒旗[11],馆娃宫暖日斜时[12]。
可怜雨歇东风定[13],万树千条各自垂。

其　五

苏州杨柳任君夸，更有钱唐胜馆娃。
若解多情寻小小[14]，绿杨深处是苏家。

其　六

苏家小女旧知名，杨柳风前别有情。
剥条盘作银环样[15]，卷叶吹为玉笛声[16]。

其　七

叶含浓露如啼眼，枝袅轻风似舞腰。
小树不禁攀折苦，乞君留取两三条。

其　八

人言柳叶似愁眉，更有愁肠似柳丝。
柳丝挽断肠牵断，彼此应无续得期。

【注释】

1　杨柳枝：原是一种咏唱杨柳的民歌，北朝有《折杨柳歌辞》。此处为白居易新创歌词与曲调。

2　《六幺》、《水调》：当时传唱的歌曲。

3　《白雪》、《梅花》：古笛曲。

4　新翻：新创作。

5　陶令：陶渊明。四五树：陶渊明有《五柳先生传》以自喻。

6　亚夫：周亚夫，汉代将军。文帝时匈奴入侵，驻守细柳。细柳，地名，在陕西咸阳。

7　东都：洛阳。

8　袅袅：细长柔软的东西随风摆动的样子。

9　白雪花繁：杨花、柳絮。

10　胜：堪，任。

11　红板江桥：当时苏州木桥多饰以红色。

12　馆娃宫：故址在苏州灵岩山上，吴王夫差筑以馆西施。

13　可怜：可爱。

14　小小：苏小小，南齐时钱塘名妓，有墓在西湖侧。

15　条：柳条。银环：手镯。

16　卷叶：卷起柳叶。

【解读】

本组诗约作于大和末年,当时诗人在洛阳。

其一可视为组词的序。《杨柳枝》原为古曲,白居易、刘禹锡翻为新声。郭茂倩《乐府诗集》卷八十一云:"《杨柳枝》,白居易洛中所制也。"《六幺》、《水调》是水家传唱的曲子,《白雪》、《梅花》是处处吹奏的曲子。所以诗人说"古歌旧曲君休听,听取新翻《杨柳枝》"。白居易除了有《杨柳枝词八首》外,另有《杨柳枝二十韵》。是洛下新声中的代表作。

其二写春日洛阳杨柳之美。陶渊明自号五柳先生,周亚夫曾驻扎细柳营,所以用隐士门前的四五株柳树、用将军营里百千条柳枝,来与东都洛阳桥的柳树相较,将洛阳桥畔的柳枝比拟为"黄金枝"。

其三,写柳树的妩媚动人。首句连用"依依"、"袅袅"、"青青"三个叠词来写柳树的多情美丽,次句将柳树拟人化,可以"勾引"春日。"白雪"句写柳絮纷飞,"绿丝"句写柳枝柔弱。

其四写苏州的柳树。首二句交待了地点、时间。后二句写风定之时的柳树。《唐诗摘抄》曰:"咏杨柳未有不咏其舞风者,此独以风定着笔,另一种风致。只写景,不入情,情自无限。"

其五写苏杭杨柳,苏小小的家就在"绿杨深处"。钱易《南部新书》云:白乐天任杭州刺史,携妓还洛,后却遣回钱塘;故刘禹锡有诗答曰:"无那钱塘苏小小,忆君泪染石榴裙。"所以，或以为此处的苏小小是指乐天所喜爱的妓女。

其六将杨柳与苏小小合写，先写苏小小在杨柳风前的情态，美女与杨柳互相辉映。后二句写美女的动作，剥掉柳条作为手镯，卷起树叶吹奏乐曲，一个天真烂漫的少女形象呼之欲出。

其七写杨柳风情，楚楚动人。"乞君"不要攀折，足见诗人惜春之情。

其八将柳叶比喻为愁眉，将柳丝比喻为愁肠，"柳丝挽断肠牵断，彼此应无续得期"，极写人间相思之苦。

忆江南词三首[1]

江南好，风景旧曾谙[2]。日出江花红胜火[3]，春来江水绿如蓝[4]。能不忆江南。

江南忆，最忆是杭州。山寺月中寻桂子[5]，郡亭枕上看潮头[6]。何日更重游。

江南忆，其次忆吴宫[7]。吴酒一杯春竹叶[8]，吴娃双舞醉芙蓉[9]。早晚复相逢[10]。

【注释】

1 忆江南：属杂曲歌辞。

2 谙（ān 安）：熟悉。

3 江花：江畔的鲜花。

4 蓝：一种叫做蓼蓝草的植物，可以制作靛青。

5 寻桂子：作者《东城桂》诗自注："旧说杭州天竺寺每岁中秋有月桂子堕。"

6 郡亭：衙署内的亭台。

7 吴宫：扬州。

8 竹叶：酒名。

9 吴娃：吴地美女。醉芙蓉：形容舞伎之美。

10　早晚：何时？

【解读】

白居易少年时代曾游历江浙一带，唐穆宗长庆二年到敬宗宝历二年（822—826）又先后任杭州刺史和苏州刺史。本词是晚年对江南风景的追忆。第一首总写江南，第二、三首分写杭州、苏州。

其一，在江南的风景中，给诗人最深影响的是江花、江水。"江花红胜火"、"江水绿如蓝"，红蓝相映，色彩鲜明，光彩照人。而这一切又都是在春天的早上出现，浓缩了江南景致。

其二是对杭州的追忆。用"寻桂子"、"看潮头"写杭州之美。杭州的美在诗人笔下充满了如梦似幻的感觉。

其三是对苏州的追忆。苏州的美女与美酒让人流连忘返。"吴宫"、"吴酒"、"吴娃"连续出现，给人环环相扣、美不胜收之感。

与梦得沽酒闲饮，且约后期[1]

少时犹不忧生计，老后谁能惜酒钱。
共把十千沽一斗，相看七十欠三年。
闲征雅令穷经史，醉听清吟胜管弦[2]。
更待菊黄家酝熟，共君一醉一陶然。

【注释】

1　梦得：刘禹锡字梦得，人称"诗豪"。
2　管弦：音乐。

【解读】

从"相看七十欠三年"句可知，此诗作于诗人67岁时，即开成三年（838），与刘禹锡均在洛阳闲居。大和五年（831）元稹去世后，刘禹锡是乐天最亲密的朋友，人称刘白。前四句写老来犹自洒脱豪放。颈联写二人边饮酒行令，边吟唱诗句，二人的饮酒是高雅脱俗的。尾联相约菊花酒熟时再饮。本诗写乐天与诗友刘禹锡沽酒闲饮、行令吟诗的生活情趣，从诗中可以看出二人之间深厚的情谊。

长相思二首（选一）

汴水流[1]，泗水流[2]，流到瓜洲古渡头[3]。吴山点点愁[4]。　　思悠悠，恨悠悠，恨到归时方始休。月明人倚楼。

【注释】

　　1　汴水：即汴渠，自荥阳与黄河分流，向东南流。
　　2　泗水：发源于山东泗水，入于淮河。
　　3　瓜洲古渡：在江苏扬州的瓜洲镇。
　　4　吴山：在浙江杭州。

【解读】

　　《长相思》原是唐教坊曲名，多表现男女情爱。原诗二首，此选第一首。这首词写月明之夜，思妇倚楼候人；语词清丽婉转。

哭刘尚书梦得[1]

四海齐名白与刘，百年交分两绸缪[2]。

同贫同病退闲日，一死一生临老头。

杯酒英雄君与操[3]，文章微婉我知丘[4]。

贤豪虽殁精灵在[5]，应共微之地下游[6]。

【注释】

1　刘尚书梦得：刘禹锡。会昌二年（842）七月卒。

2　绸缪：缠绵友爱。

3　君与操：作者自注："曹公曰：天下英雄，唯使君与操耳。"这里用"君"指刘禹锡，用"操"指自己。

4　我知丘：作者自注："仲尼云：'后世知丘者《春秋》。'"用孔丘代指刘禹锡。

5　殁：死。

6　微之：元稹。元稹去世于大和五年（831）。

【解读】

本诗作于会昌二年（842）刘禹锡去世后。"四海齐名"写两人诗名之高，充满了自负感。"百年交分"写两人相知之久。其实早年白刘间并无交往，说"百年交分"是指从自己的一生中来衡量，刘禹锡是最为要好的朋友之一。颔联概括了两人的遭遇和现状。腹联将刘禹锡和自己比做三国时代的英雄人物刘备曹操，说明两人才华引领诗坛，两人水平在伯仲之间。尾联想象刘禹锡的精灵"应共微之地下游"，表现出乐天对朋友的无限深情。元稹去世已逾十年，但乐天在心底依然怀念他，并希望自己的两个好朋友也成为地下的至交。